Charmed

La statuette maléfique

Une novélisation de Diana G. Gallagher
d'après la série télévisée « Charmed »
créée par Constance M. Burge

Édition Jeunesse

POCKET
jeunesse

Titre original :
Beware What You Wish

Série proposée par Patrice DUVIC

Loi n° 49-956 du 16 juillet 1949 sur les publications
destinées à la jeunesse : novembre 2003.

ISBN 2-266-13644-5

CHAPITRE PREMIER

Prue Halliwell suivit la femme de chambre dans la bibliothèque où l'attendait Stephen Tremaine.

En longeant une galerie de portraits austères et imposants, la mise en garde de ses sœurs lui revint soudain à l'esprit.

— Fais attention, Prue, avait prévenu Piper. Cet homme a la réputation d'être terriblement vaniteux.

— Il est dans tous les journaux mondains, avait ajouté Phoebe. Ce M. Tremaine est le célibataire *le plus recherché* de la ville.

— Et il est à la tête d'une des plus grosses fortunes du pays. Alors, méfie-toi.

La femme de chambre ouvrit une grande porte vitrée et la quitta avec un léger signe de tête. Prue fut accueillie par un étonnant masque africain qui trônait sur un socle en marbre noir. La main crispée sur la bandoulière de son appareil photo, elle sentit un frisson lui parcourir le dos. Les yeux noirs la transperçaient avec une sorte de mépris glacé.

— Ne te laisse pas impressionner, avait recommandé Phoebe. En affaires, ce type a une réputation de requin.

Elle n'avait pas tort : ce puissant homme d'affaires pouvait stopper net sa carrière de photographe d'un simple coup de fil à la rédaction du *415*, le magazine pour lequel elle travaillait.

— On dirait que ce masque vous trouble ! lança une voix masculine.

— Pas particulièrement, mentit Prue en tournant la tête vers le maître des lieux.

Stephen Tremaine la dévisageait avec un sourire engageant. C'était un homme d'une quarantaine d'années à la carrure imposante et athlétique. Ses cheveux poivre et sel accentuaient la sévérité de ses traits anguleux. Sa tenue décontractée contrastait avec l'autorité que sa personne dégageait. Il n'était pas sans charme et cela renforça le trouble de la jeune femme.

Il avait fait fortune vingt ans plus tôt en initiant le marché des jeux vidéo, puis en adaptant ses logiciels de simulation aux demandes de l'armée. Sa société était vite devenue gigantesque, il avait fini par la revendre l'année précédente pour des millions de dollars.

Tremaine s'attaquait aujourd'hui à une carrière politique. Il se présentait au Congrès, et c'était pour cette raison que Prue venait le photographier.

— La plupart des femmes trouvent ma collection plutôt macabre, dit-il en la fixant droit dans les yeux.

— Vraiment ?

Saisie par l'intensité de son regard, elle se tourna vers le masque.

La figure ovale était entourée d'une grossière chevelure noire, nattée par endroits. Des peintures tribales lui barraient le visage, séparant les yeux d'une bouche béante, qui découvrait deux rangées de dents irrégulières. Des dents humaines, à n'en pas douter.

— Afrique de l'Ouest, ou je me trompe ? demanda Prue avec un sourire satisfait.

Tremaine haussa les sourcils, intrigué par cette jeune femme qui semblait s'y connaître en cultures anciennes.

— Oui, il vient du Congo. Ce masque représente un esprit.

— Un esprit ? Intéressant…

Maintenant qu'elle avait retrouvé son assurance, Prue était prête à l'affronter et lui tendit la main. Il s'approcha avec un grand sourire et la serra chaleureusement dans les siennes.

— Je suis plus qu'enchanté de faire votre connaissance, mademoiselle Halliwell. Il est rare de rencontrer une personne qui apprécie les arts primitifs… et qui soit aussi belle.

Était-il sincère ou était-il déjà en représentation en vue des prochaines élections ? Prue n'appréciait guère ce genre de flatteries et sourit pour chasser son embarras.

— Nous pouvons peut-être commencer, hasarda-t-elle en levant son appareil photo.

— D'abord, laissez-moi vous montrer certaines de mes pièces les plus précieuses, si vous le voulez bien.

Stephen Tremaine l'entraîna vers le fond de l'impressionnante bibliothèque. Les murs étaient recouverts de livres, reliés en cuir pour la plupart. Trois grandes fenêtres en forme d'arche ouvraient sur un jardin verdoyant. Il y avait entre chacune d'elles des vitrines avec toutes sortes d'objets d'artisanat ancien : tissus, masques, bibelots, bijoux, verreries, venant de toutes les régions du monde.

Prue ne put réprimer un soupir d'admiration.

— Ils sont de toute beauté, n'est-ce pas ?

— Vous avez là une collection magnifique, convint la jeune femme, désarmée par la réaction presque enfantine de l'homme d'affaires.

Elle se pencha pour observer une lampe à huile

gravée à l'effigie de Zeus. Comment cette pièce avait atterri là ?

— Vous sauriez m'en dire l'origine ? interrogea Tremaine sur un air de défi.

— Grèce, IVe ou Ve siècle avant J.-C.

Prue se redressa, attentive à ne pas laisser deviner son trouble. Elle connaissait d'importants collectionneurs d'antiquités de San Francisco, pour avoir longtemps travaillé dans une salle des ventes. Mais jamais elle n'avait entendu parler de Stephen Tremaine. Comment avait-il pu se procurer d'aussi précieux objets d'art ?

— Ve, précisa-t-il. Cette lampe a été découverte lors d'une fouille financée par mes soins, il y a cinq ans, près du site de l'ancienne Delphes.

Prue se garda bien de lui demander par quel moyen il avait pu obtenir du gouvernement grec l'autorisation de faire sortir du pays une pièce archéologique.

— Il n'en existe aucune autre semblable dans le monde, ajouta-t-il dans un souffle.

C'était difficile de dire s'il était ému par la beauté de cette pièce rare ou s'il était simplement dévoré par la fierté de la posséder.

Elle s'était attendue à trouver un homme arrogant et exigeant, et Tremaine se révélait aussi charmant que délicat. À quoi jouait-il ? Quel personnage était-il, en réalité ? Prudente, la jeune femme préféra changer de sujet.

— Monsieur Tremaine, je dois prendre ces clichés avant qu'il fasse trop sombre. Ce serait dommage de ne pas profiter de la lumière du soleil.

— Bien sûr, répondit-il d'une voix sèche. (Il traversa la pièce pour aller s'asseoir à son bureau.) J'imagine que je dois prendre les poses habituelles…

— Non, coupa-t-elle, je pensais en fait à quelque chose de… plus créatif.

Elle savait qu'elle prenait des risques, mais, si sa proposition lui plaisait, il pourrait la désigner comme photographe officielle de sa campagne électorale. C'était une occasion à ne pas manquer.

— J'aimerais faire un portrait où transparaîtrait l'homme derrière le personnage public.

— Intéressant… Et, comment allez-vous vous y prendre ?

Prue déposa sa sacoche sur le divan et décida d'ajouter un filtre à son objectif, afin d'adoucir les traits sévères du visage de Tremaine.

— En vous photographiant, par exemple, devant l'une de ces vitrines, afin de suggérer votre intérêt pour l'art et la culture…

— Excellente idée ! lâcha-t-il, soudain enthousiaste. Mais on pourrait aller encore plus loin.

Tirant une clé de sa poche, il se dirigea droit vers l'une des vitrines, l'ouvrit et en sortit une statuette de pierre en forme d'œuf. On pouvait y discerner une silhouette humaine dont la tête était enfoncée dans le corps rebondi. Pourquoi Tremaine avait-il fait un tel choix alors qu'il possédait des trésors tellement plus spectaculaires que celui-ci ?

— Mes experts pensent qu'il s'agit d'une pierre spirituelle, expliqua l'homme d'affaires.

Il ne quittait pas l'objet des yeux et son regard avait quelque chose de fiévreux.

— Une pierre spirituelle ?

— Oui, dédiée à un esprit. Cela se faisait beaucoup, en Amérique du Sud.

Puis il se ressaisit et prit la pose devant l'objectif de Prue.

— Impressionnant, convint la jeune femme en prenant plusieurs clichés d'affilée. Tournez-vous un peu de côté... Comme ça, oui, c'est très bien.

— D'après eux, cette statuette viendrait d'une obscure tribu amazonienne qui vivait il y a plus ou moins trois mille ans.

— Fascinant... observa Prue qui photographiait Tremaine sous différents angles.

— Oui, vous l'avez dit. Malheureusement, il ne suffit pas d'aimer l'art pour gagner la prochaine élection.

— C'est vrai. Mais les électeurs apprécient aussi les hommes cultivés.

Elle songea alors à Noël Jefferson qui briguait également le siège au Congrès. Plus jeune et plus charismatique que Stephen Tremaine, il avait de bonnes chances de l'emporter dans le cœur du public, même s'il ne jouissait pas des relations et de la fortune de son redoutable adversaire. Entièrement dévoué à la lutte contre l'injustice, Jefferson s'était assuré le vote des trois sœurs Halliwell.

Elles avaient l'impression qu'il menait un combat identique au leur, même s'ils agissaient dans des domaines différents. Il se plaçait sur le plan politique et social tandis qu'elles luttaient contre les forces du mal qui voulaient détruire l'humanité.

À quelques semaines des élections, Tremaine avait encore le temps de récupérer de nombreuses voix du côté des hommes d'affaires et des dirigeants d'entreprises, qui ne demandaient qu'à se fier à un industriel aussi efficace.

— J'aurais souhaité ne pas avoir ce Jefferson pour concurrent, déclara-t-il subitement, la statuette serrée entre ses paumes. Cet homme a un tel passé…

Sa voix s'était faite plus rauque. Il ferma soudain les yeux et vacilla comme s'il était saisi d'un vertige.

— Tout va bien, monsieur Tremaine ?

— Oui, oui, merci…

Il chassa son trouble d'un geste évasif de la main et reposa la statuette sur l'étagère de la vitrine.

— J'ai un programme si chargé que je saute la plupart de mes repas. Mais ce n'est rien.

Tandis qu'il parlait, Prue vit que la figurine, mal remise sur son socle, était près de tomber. Elle se concentra et, d'un discret mouvement des doigts, la remit en place. Le dos tourné, Tremaine ne remarqua rien.

— Avons-nous terminé ? demanda-t-il en s'asseyant derrière son bureau.

— Oui.

Elle le sentit tendu, contrarié d'avoir eu un moment de faiblesse devant une inconnue, journaliste de surcroît. Un tel incident, aussi minime fût-il, pouvait être utilisé contre lui si, par malheur, il avait affaire à un individu peu intègre.

— Je suis sûre que nous aurons une photo…

— Dans ce cas, la coupa-t-il d'une voix sèche, si vous permettez, j'ai beaucoup de travail.

Sans un regard pour la jeune femme, Tremaine fit pivoter son fauteuil vers l'ordinateur.

Vexée, Prue rangea à la hâte son appareil, mit sa sacoche en bandoulière et se dirigea vers la porte sans même le saluer. En repassant devant les vitrines, elle ne put toutefois s'empêcher de constater que la plupart des pièces réunies par le collectionneur étaient des armes et des objets de guerre.

Ce n'est pas étonnant de la part d'un homme tel que lui… songea-t-elle, une fois dans le vestibule. La guerre et l'intimidation devaient constituer les armes favorites de Stephen Tremaine en matière d'affaires… et peut-être même en politique. Cependant, son existence s'appuyait exclusivement sur l'argent et le pouvoir. La vie de cet homme est peut-être aussi vide que les yeux sombres du masque africain qui trônait à l'entrée de la bibliothèque, songea Prue.

CHAPITRE 2

— Mmmh… c'est si romantique ! lança Phoebe en ouvrant le panier à pique-nique de leur grand-mère.

Ses sœurs échangèrent un regard intrigué. Piper fit une moue perplexe.

— Pourquoi, « romantique » ?

— Oui, pourquoi ? renchérit Prue (elle posa son appareil photo pour aider sa cadette à étendre la nappe). Je crois que ces semaines de réclusion ont ramolli le cerveau de notre petite Phoebe…

Piper gloussa et lança un clin d'œil complice à son aînée.

— C'est vrai, ses révisions l'ont coupée du monde… et des hommes !

Phoebe sourit et s'allongea dans l'herbe.

— Eh oui ! Je suis en manque de romantisme. Mais reconnaissez que cet endroit est idyllique.

Elle se redressa et inspira profondément en leur indiquant les environs.

C'était en effet une journée magnifique. Elles s'étaient installées à l'ombre d'un vieux chêne et bénéficiaient d'une vue imprenable sur le parc. Des enfants barbotaient dans l'eau fraîche d'un petit étang où s'ébrouaient quelques canards; des couples d'amoureux se promenaient main dans la main…

— C'est l'endroit idéal pour un pique-nique romantique… ajouta-t-elle avec un sourire rêveur.

— Tu sembles oublier qu'il n'y a aucun prince charmant à l'horizon, la taquina Piper.

— Oui, mais imagine que Léo arrive sur un beau cheval blanc…

— Je préfère ne pas penser à lui.

Piper détourna la tête et baissa les yeux. Léo était son petit ami, mais c'était aussi un Être de Lumière qui avait pour mission de combattre les forces du mal. Mission qui le tenait souvent éloigné d'elle… Son cœur se serra en songeant à leur rencontre. Il s'était d'abord présenté comme un simple mortel, et elle était tombée sous son charme dès le premier regard. Malheureusement, les liaisons entre les Anges Blancs et les sorcières dont ils sont les protecteurs sont strictement interdites. Ils avaient cependant obtenu la permission des instances supérieures de vivre leur amour à la condition de continuer leur mission respective en vue de faire régner le bien.

Or, la tâche de Léo lui imposait de nombreux et longs séjours dans des mondes parallèles, et les deux amoureux ne se voyaient qu'en de rares occasions. Piper ne se plaignait jamais devant ses sœurs et savait quelle chance elle avait d'avoir quelqu'un qui l'aimait. Elle n'en souffrait pas moins des absences de Léo.

— Désolée, Phoebe, tu vas devoir te contenter d'un pique-nique avec tes deux sœurs adorées ! la gronda gentiment Prue.

— Je sais bien, hélas…

— Attends, reprit Piper, tu as oublié Rick Foreman, mon nouveau barman. Il n'avait d'yeux que pour toi, l'autre soir.

Phoebe fronça les sourcils : de qui parlait sa sœur ? Elle était bien passée prendre un verre la semaine précédente au *P3*, le club de Piper, hélas elle était alors plongée dans ses révisions et n'avait pas prêté attention à la gent masculine des lieux.

— Je n'ai rien remarqué. Pourquoi ne m'en as-tu rien dit ?

— Parce que tu étais en pleine période d'examens et qu'il n'était pas question de te distraire.

— C'est vrai. Mais, peut-être que, si on se revoit…

— Des étincelles en perspective, commenta Prue, rêveuse.

— Comme celles qu'il n'y a pas eues entre toi et le riche M. Tremaine ? demanda Piper en disposant les victuailles sur la nappe.

— On peut dire ça, oui, répondit Prue d'un air maussade. En fait, je l'ai trouvé plutôt sympa malgré ses convictions politiques.

— Oui, tout pour les affaires et rien pour l'environnement, fit observer Phoebe.

— Pourtant, beaucoup de mes clients sont d'accord avec son programme, ajouta Piper.

— Sa popularité s'accroît. Mais ce qui m'a chiffonnée chez lui, c'est...

Elle s'interrompit subitement.

— Quoi ? demanda Phoebe en se servant un peu de salade de pommes de terre. Sa mauvaise haleine ? Sa façon de faire craquer ses doigts ? Le bruit qu'il fait en mangeant ?

— Non... Il possède une collection pour le moins... bizarre. Brrr... rien que d'y penser, j'en ai la chair de poule.

— Une collection de quoi ? s'étonna Piper. Des insectes mis en brochette ? Des têtes réduites ?

— Des timbres ? suggéra Phoebe en pouffant de rire.

— Arrêtez, c'est plus grave que ça ! Il a une collection d'objets anciens... impressionnante. Uniquement des pièces qui ont trait à la guerre ou au combat.

— Tu veux dire que Tremaine aurait un petit grain ? demanda Phoebe qui sirotait un thé glacé. Ça expliquerait pourquoi il se présente au Congrès. Avec tout l'argent qu'il a amassé, il faut vraiment être dingue pour ne pas prendre sa retraite.

— Pas forcément.

— Enfin, je doute que Stephen Tremaine veuille contribuer au bien-être de la communauté, objecta Piper. La seule motivation qui pousse les gens à faire de la politique, c'est le pouvoir.

— Ce qui correspond tout à fait à sa personnalité et à ses centres d'intérêt, remarqua Prue.

Elle prit une aile de poulet mariné et la mangea avec appétit.

— Je n'arrive pas à comprendre comment on peut voter pour lui, marmonna Piper.

— Il donne l'image d'un battant à qui tout réussit... expliqua Prue. Il faut croire que, pour certaines personnes, ça suffit.

— Il a également les moyens de faire une campagne médiatique sans précédent. On le voit partout ! lança Phoebe.

Stephen Tremaine était sur toutes les chaînes de télévision et de radio, prétendant que l'industrie – son industrie – respectait l'environnement ! Pourtant il n'en avait jusqu'à présent fourni aucune preuve officielle.

— Il n'est pas aussi sûr de lui qu'il le laisse paraître, objecta Prue. Hier, il m'a laissé entendre qu'il aurait souhaité ne pas avoir Noël Jefferson pour adversaire.

— En voilà un qui me plaît ! s'exclama Piper.

Célibataire également, la trentaine dynamique, Jefferson était un bel athlète blond aux yeux bruns, qui défendait la cause des plus démunis.

— J'aurais préféré qu'on m'envoie photographier Jefferson… soupira Prue. C'est plus facile de travailler avec une personne dont on partage les idées.

— Attends samedi, répliqua Piper en se plaquant une main sur l'estomac. Ouf… je crois que j'ai trop mangé !

— Qu'est-ce qui se passe, samedi ? demanda Phoebe.

— Tu es censée m'aider au stand du *P3* pour la kermesse organisée en l'honneur des deux candidats !

— C'est ce samedi-là ?

Elle n'avait pas oublié sa promesse, elle avait simplement un peu perdu la notion du temps, à cause de ses études.

Piper prévoyait d'installer un stand représentant son club, le *P3*, où elle servirait des boissons non alcoolisées et quelques tapas sur les airs des différents groupes qu'elle programmait. La kermesse devait se dérouler au Gold Coast Park, un immense parc d'attractions, et un nombre important de personnalités locales y était attendu.

— Tu ne vas pas me laisser tomber, j'espère ? insista Piper.

— Bien sûr que non, tu as ma parole, lui assura sa sœur.

Et elle leva solennellement sa main droite devant elle.

— Mais qu'est-ce que cette fête a à voir avec Jefferson ? interrogea Prue.

Elle roula sa serviette en boule et l'envoya dans une poubelle non loin. Mais elle rata sa cible et dut avoir recours à la magie pour faire atterrir le papier au bon endroit.

— Hé, Prue ! la gronda Phoebe. Je croyais qu'on ne devait pas utiliser nos pouvoirs devant tout le monde !

Comme d'habitude, c'était elle qui reprenait ses sœurs sur ce point. On n'est jamais trop prudente, répétait-elle à qui voulait l'entendre !

— Désolée, je crois que je ne me rends même plus compte de ce que je fais. C'est comme un réflexe.

— Ou une seconde nature, renchérit Piper.

Phoebe comprenait, bien sûr. Bien que son pouvoir à elle fût moins spectaculaire. En effet, ses visions survenaient à l'improviste, témoins ou pas, mais elle pouvait toujours mettre ça sur le compte d'un malaise. Quant à sa faculté de léviter, c'était un don qu'elle venait de se découvrir et elle ne le maîtrisait pas totalement.

— Quelqu'un veut du dessert ? lança-t-elle, penchée sur le panier en osier. Il y a du gâteau au chocolat.

— Oui, j'en veux bien une part, répondit Prue. Je suppose que les deux candidats vont faire des discours du genre : « Voyez-comme-je-suis-sympa-votez-pour-moi. »

— Bien entendu, c'est l'occasion pour les habitants de San Francisco de les voir présenter leurs idées dans un face-à-face.

Piper tendit un couteau à Phoebe.

— Je veux bien une toute petite part de gâteau.

— Je viendrai te donner un coup de main, lui proposa alors Prue. J'en profiterai pour prendre quelques photos de Jefferson. On ne sait jamais, Gil pourrait en avoir besoin...

— Hé, attention ! s'écria tout à coup Piper.

Phoebe laissa tomber son couteau tandis qu'un ballon de football surgi de nulle part venait s'écraser sur le gâteau qu'elle s'apprêtait à découper. Son T-shirt blanc en fit les frais... Elle jeta alors un regard furieux à Piper.

— Pourquoi est-ce que tu ne l'as pas figé ?

— Comme tu ne l'ignores pas, nous ne devons utiliser nos pouvoirs qu'en cas d'urgence ou pour protéger des innocents… Or, ceci n'est pas un cas d'extrême urgence.

Prue ne put s'empêcher de glousser.

— C'est à toi ? demanda alors Phoebe à une gamine qui arrivait, tout essoufflée, vers elles.

— Euh… oui. Je… je m'excuse, on ne voulait pas abîmer votre gâteau.

— Ça n'a pas d'importance, ne t'en fais pas, reprit-elle.

Elle lui tendit le ballon plein de crème.

Soudain, la jeune femme fut secouée d'un violent spasme. Elle ferma les yeux et vit la fillette au sol, piétinée par des sabots…

— Merci, dit la petite fille avant de tourner le dos et de rejoindre ses copines.

Phoebe était encore sous le choc de sa vision, mais la voix fluette de la gamine la ramena à la réalité.

— Attends !

La petite fille s'arrêta net et revint vers les trois sœurs.

— Qu'est-ce que c'était ? demanda Prue, prenant les mains de Phoebe pour la rassurer.

— Je ne sais pas bien… Une sorte de démon peut-être. Avec des sabots et des poils ras…

Elle se tourna vers un petit pavillon, situé un peu plus loin, où l'on célébrait un anniversaire. Un homme avec un chapeau de cow-boy menait un poney vers un van stationné sur le parking, à l'entrée du parc.

— Quelle sorte de démon ? s'impatienta Piper.

— Le poney… hésita Phoebe.

La petite fille suivit son regard et déclara d'une voix mélancolique :

— Oh, j'aimerais tellement en avoir un…

C'est alors qu'un hennissement strident retentit. L'animal se cabra et tira sauvagement sur le licol par lequel le tenait le cow-boy et réussit à s'échapper. Il se mit alors à galoper à travers le parc… en direction de la fillette.

Phoebe se leva précipitamment et se jeta sur elle pour l'écarter. Cependant l'animal fonçait maintenant droit sur elles.

Impossible pour Piper de figer le poney, les parents de la petite avaient assisté à toute la scène et accouraient vers elles. Que faire ? Elle ne pouvait tout de même pas laisser sa sœur et l'enfant se faire piétiner…

Phoebe prit la petite dans ses bras pour la protéger.

— Prue ! cria Piper, les mains levées vers l'animal en furie. Dépêche-toi !

Prue se concentra et profita de ce que sa cadette avait stoppé le poney dans sa course pour mettre en douceur Phoebe et la gamine hors d'atteinte. Piper libéra l'animal qui passa devant les trois sœurs au triple galop avant de s'enfuir vers le fond du parc.

Piper poussa un soupir où se mêlaient le soulagement et l'appréhension. La dernière chose qu'elle voulait voir le lendemain dans les journaux était un gros titre du style « Sauvetage miraculeux dans un jardin public ».

— Tu crois qu'on nous a vues ? demanda-t-elle à Prue.

— Je ne pense pas. Tout s'est passé très vite.

Utilisant ses pouvoirs de télékinésie, elle ralentit la course du poney, de façon que le pauvre cow-boy puisse le rattraper.

Phoebe relâcha la fillette au moment où ses parents, hors d'haleine, la rejoignaient. La pauvre se jeta dans les bras de sa mère, secouée de sanglots. Son père, la mine décomposée, marmonna quelque chose que Piper ne put entendre.

Peu à peu, un petit groupe se forma autour des trois sœurs Halliwell, et plusieurs personnes se mirent à commenter les événements en leur jetant des regards aussi furtifs qu'intrigués.

Ils se doutent de quelque chose, c'est évident... se dit Piper. Tant pis ! Le plus important était d'avoir sauvé cette petite fille. Elle ne se serait jamais pardonné d'avoir failli à sa mission. Léo, lui, serait fier d'elle, elle en était sûre, et c'était la seule chose qui comptait.

Un courant d'air soudain la fit frissonner.

Frustré, l'esprit maléfique survola les trois sorcières en laissant planer derrière lui une vague d'angoisse diffuse. Il s'insinua ensuite dans un groupe de promeneurs pour provoquer leur effroi. Les gens s'écartèrent sur son passage sans comprendre d'où venait cette peur brusque, puis reprirent leur chemin, troublés.

Enfin il retrouvait la liberté ! Des siècles à écumer de rage à l'encontre de cette maudite magicienne qui l'avait banni du monde des hommes... Il n'avait pas encore repris possession de son corps de démon, pourtant déjà ses pouvoirs lui revenaient et il goûtait à cette nouvelle puissance avec une ivresse grandissante.

Il lui suffirait de se nourrir des désirs humains et il conquerrait le monde. Ces sorcières ne l'arrêteraient pas. Il avait senti leur force mais il ne les laisserait pas se dresser sur son chemin.

La petite fille aurait dû mourir. Elle désirait de toute son âme un poney et il s'était servi de ce désir pour lancer l'animal à son assaut. Le spectacle d'une vie innocente piétinée sous les sabots en furie l'aurait tellement réjoui... Quel dommage! Ces trois femmes n'auraient pas dû se trouver là! Elles avaient tout gâché.

Il se vengerait.

Au centuple.

Cette fois, rien ne l'arrêterait.

CHAPITRE 3

Phoebe s'installa sur le canapé et posa ses pieds sur le bord de la table basse. Ses examens terminés, elle s'offrait une matinée de farniente et s'apprêtait à regarder un feuilleton débile à la télévision.

Elle jeta un œil distrait aux publicités qui défilaient sur l'écran tout en buvant une gorgée de café au lait, puis s'empara du roman qu'elle s'était acheté, *Sombres passions de la nuit*, pour découvrir quel amour impossible allait unir Agatha et Trevor.

Alors qu'elle feuilletait les premières pages, une délicieuse odeur de cannelle vint lui chatouiller les narines. Elle leva la tête et vit Piper arriver de la cuisine, un plateau à la main.

— Du gâteau au chocolat hier, des biscuits à la cannelle aujourd'hui ! Je vais finir par ne plus rentrer dans mes jeans.

Piper s'assit à côté de sa sœur et rabattit la couverture du livre pour voir ce qu'elle lisait.

— Tiens, tu as abandonné tes études pour t'abonner aux romans de gare ?

— Après deux semaines d'examens, j'ai besoin de faire le vide.

Elle esquissa une moue contrite, posa le livre à l'envers sur le bras du canapé et fixa l'assiette de biscuits d'un air indécis. Elle finit par se laisser tenter. Surveiller sa ligne ne faisait pas partie de ses priorités de la journée.

— Et si on mettait les infos ? proposa Piper en s'emparant de la télécommande.

— D'accord.

Leur tasse de café à la main, les deux sœurs s'installèrent confortablement pour regarder le journal du matin.

— Tu n'as pas cours, aujourd'hui ?

— Non, j'ai cinq jours de vacances, et j'ai bien l'intention d'en profiter.

— Tu as bien raison ! acquiesça Piper en faisant mine de trinquer. Puisque tu es libre, je te réquisitionne pour faire les courses avec moi.

— Ça ne pourrait pas attendre demain ?

En temps normal, Phoebe aimait bien faire le marché, mais elle aurait préféré passer le reste de la journée à paresser au manoir.

— Je sais, ce n'est pas très excitant, reprit Piper en voyant sa mine déconfite, mais il n'y a plus rien dans le frigo. Au fait, t'ai-je dit que les *Hard Crackers* allaient jouer samedi ?

— Non ?! C'est génial !

Le visage de Phoebe s'illumina tout à coup. Ce groupe local connaissait une notoriété grandissante, en partie grâce aux apparitions qu'il avait faites au *P3*.

— Et… cela va te coûter combien ?

— Pas un sou. C'est l'occasion pour eux de se faire remarquer par des producteurs invités. Et puis, je leur ai promis un buffet à volonté.

— Cool, dit Phoebe en voyant sa sœur se lever soudain et s'éloigner dans le couloir.

Elle entendit alors une sirène hurler… avant de se rendre compte que cela venait de la télévision.

« Trois personnes ont été abattues lors d'une fusillade. Les hommes étaient à bord d'une voiture et ont tiré à bout portant sur des passants. La police est en train d'interroger des témoins de la scène, mais on n'a procédé à aucune interpellation pour l'instant. »

Phoebe coupa le son tandis que Piper revenait s'asseoir auprès d'elle.

— Désolée, mais je suis incapable d'écouter ce genre de nouvelles alors que je n'en suis qu'à ma première tasse de café.

— Comme je te comprends…

Ce n'était pas de l'indifférence, plutôt une façon de se protéger. Depuis que les sœurs Halliwell avaient découvert leurs pouvoirs et leur mission, elles n'avaient cesse de combattre le mal, et c'était une tâche éreintante. Elles avaient besoin, parfois, de penser à des choses plus légères et plus gaies.

Prue vint les rejoindre après avoir ramassé le journal devant la porte d'entrée.

— Est-ce qu'on a fait la une ? lui demanda Piper en esquissant une grimace.

Prue s'assit dans le fauteuil qui leur faisait face et ouvrit le quotidien à la page des faits divers. Le cœur battant, elle redoutait d'y trouver un article sur leur mésaventure de la veille avec le poney et la petite fille qu'elles avaient sauvée de justesse.

Ses sœurs croisaient les doigts et retenaient leur respiration.

— Alors ? insista Piper avec impatience.

— Rien. Pas un mot.

Soulagée, Phoebe se laissa retomber au fond du canapé. Mais cela ne rassura pas pour autant Piper. Elle avait comme un mauvais pressentiment.

— Cherche encore, on ne sait jamais.

— O.K., mais tu me rapportes une tasse de café, avec un nuage de lait. Merci, tu es un amour de petite sœur.

— D'accord, c'est si gentiment demandé !

Pendant que Piper se rendait dans la cuisine, Prue continua de parcourir les titres du *San Francisco News*.

— Alors, tu trouves quelque chose ? lança Phoebe que l'inquiétude regagnait.

— Rien, pour le moment, mais je n'ai pas encore... attends... une agression sur Pacific Street, quelques petits vols par-ci, par-là, un garçon qui a descendu sa petite amie avant de se tuer lui-même...

— Ouh, dur ! Quoi d'autre ?

— Un gamin noyé dans une piscine publique... incroyable ! Mais, non... aucune mention d'un poney pétrifié en plein galop au Golden Gate Park.

— Tant mieux ! lança Piper en revenant au salon avec trois tasses remplies de café. Cette nuit, j'ai rêvé que j'étais poursuivie par une bande de parents et de gosses furieux parce que je n'avais pas arrêté de figer puis défiger un manège. Imaginez un peu le tableau !

L'attention de Phoebe était tout entière concentrée sur l'écran de la télévision. Des personnes en pyjama et robe de chambre s'échappaient d'un immeuble en flammes. Le son était toujours coupé, mais on les voyait gesticuler et hurler de panique. Puis la caméra balaya la rue où des familles hagardes regardaient un incendie dévorer leur appartement.

— Fais-moi penser à ne pas m'approcher du manège, samedi, poursuivit Piper qui n'avait rien vu.

— Il y aura un manège à la kermesse ? s'étonna Prue sans lever les yeux du journal qu'elle continuait de feuilleter.

— Oui, bien sûr. Quand je pense que grand-mère nous empêchait toujours d'y monter parce qu'elle trouvait ça dangereux !

— Dangereux... Si elle nous voyait, aujourd'hui...

Les yeux toujours rivés sur le poste, Phoebe écoutait leurs plaisanteries d'une oreille distraite. Les infos montraient maintenant une inondation gigantesque dans le Middle West, et l'on voyait les gens entassés dans des canots de fortune fuyant les eaux qui ne cessaient de monter. Enfin, lorsque l'image d'un petit garçon, disparu depuis trois jours dans un parc national, apparut sur l'écran, la jeune femme prit la télécommande et remit le son.

— Oh, non ! lâcha alors Prue.

— Quoi ? demandèrent ses sœurs d'une seule voix.

Phoebe sursauta et renversa du café sur son T-shirt.

— Ma boutique préférée fait des soldes et je n'ai plus un sou sur mon compte en banque !

— Hé, tu m'as flanqué une de ces peurs ! Ça suffit pour aujourd'hui ! Si c'est pour n'entendre que des mauvaises nouvelles, je préfère encore rester au fond de mon lit...

— Quelles mauvaises nouvelles ? fit Prue en repliant le journal.

— Mais tu n'écoutes pas ? Il n'y a que ça, depuis tout à l'heure !

— Je n'ai pas dû tout suivre... dit Piper en se tournant vers le poste de télévision.

— Regardez, il n'y a que des incendies, des inondations, des tueries, des disparitions mystérieuses...

Elle qui s'était levée de si bonne humeur, ce matin-là, voilà que les infos lui gâchaient son premier jour de repos. Si encore il était question de démons ou autres créatures maléfiques, les Charmed auraient le pouvoir de les combattre, mais que pouvaient-elles faire contre les catastrophes naturelles ou la folie des hommes ?

— Si au moins mes visions n'étaient pas aussi sélectives, se lamenta Phoebe, on pourrait peut-être agir plus tôt et empêcher ces choses épouvantables d'arriver.

Piper vit sa sœur soudain prise de convulsions.

— Phoebe ! s'écria-t-elle en la prenant dans ses bras.

— Qu'est-ce que tu as ? s'alarma Prue en bondissant du fauteuil pour venir s'agenouiller devant elle. Une vision ?

— Non… j'ai la nausée, balbutia-t-elle.

— On ferait peut-être bien d'appeler un médecin, suggéra Prue en se dirigeant vers le téléphone.

— Non, ce n'est pas la peine… Je me sens déjà mieux.

Elle inspira profondément puis murmura :

— Je crois que… ça passe.

— Mais, qu'est-ce qui t'arrive ? demanda Piper. Explique-nous !

— J'ai eu subitement mal au cœur, comme si mon estomac se retournait. Et une impression de tournis aussi.

Son front était en sueur et son visage avait perdu toutes ses couleurs. Elle déglutit avec peine et ajouta :

— Bizarre… Je n'ai mangé qu'un biscuit depuis que je me suis réveillée…

— Trop bizarre, à mon goût, déclara Prue. Ça t'a pris d'un seul coup… Et maintenant, plus rien. Ce n'est pas normal.

— Ne t'inquiète pas comme ça, ce doit être le contrecoup. J'ai tellement stressé à cause de ces fichus partiels que j'ai à peine dormi ces derniers temps.

— Mais tu avais l'air en pleine forme il y a un quart d'heure à peine ! rétorqua Piper en fronçant les sourcils.

— C'est juste un petit coup de fatigue, ne faites pas cette tête ! Une bonne cure de sommeil, de bons petits plats et je serai sur pied.

Pour leur montrer qu'elle allait mieux, elle engloutit plusieurs biscuits à la cannelle en arborant un sourire radieux.

— Qu'est-ce que tu en dis, Prue ? demanda Piper d'un air dubitatif. Ça te suffit, comme explication ?

— Non, pas vraiment. (Elle dévisagea longuement Phoebe.) Tu étais réellement très mal et…

— Il n'y avait rien de louche ou de démoniaque là-dessous, rassure-toi, coupa Phoebe d'un air peu convaincu. C'était la faim qui me donnait la nausée et le tournis. J'ai l'habitude, vous savez, je ne roulais pas sur l'or, à New York.

— Tu mourais de faim et tu ne nous as rien dit ! s'indigna Piper.

— Mais non, je ne mourais pas de faim, s'empressa-t-elle de corriger.

Pourquoi rouvrir de vieilles blessures, alors que ses sœurs l'avaient plus d'une fois aidée financièrement avant son retour à San Francisco ?

— J'avais juste tendance à sauter des repas par manque de temps…

— Tu es sûre ?

— Certaine, répondit-elle en reprenant un biscuit.

Phoebe se sentait encore patraque, mais, comme elle venait de le dire, elle mettait cela sur le compte du stress et du manque de sommeil des dernières semaines. Il n'y avait aucune raison de s'inquiéter. Non, vraiment aucune.

Athulak ressentait avec douleur la perte de son être physique. Des siècles durant, il avait arpenté les forêts chaudes et humides, rôdé le long des rivières, se nourrissant de la terreur que ses seules apparitions engendraient. C'était il y avait bien longtemps et les choses avaient changé depuis son bannissement. Il ne reconnaissait plus rien. Les hommes, jadis si faibles, s'étaient rendus maîtres du monde et ne dépendaient plus des caprices de la nature pour survivre. Ils n'avaient plus peur des bêtes sauvages ou de la colère du ciel ; ils avaient développé des technologies pour mieux contrôler les éléments et leur puissance s'étendait sur toute la surface du globe.

Athulak possédait naguère un corps d'homme pour mieux tromper les pauvres hères dont il croisait le chemin. Mais il sentait que sa forme immatérielle était un atout bien plus intéressant dans ce monde nouveau et renonça pour le moment à s'emparer de l'enveloppe corporelle de cette sorcière.

Il continua de planer au-dessus de ces trois femmes pour mieux les étudier. Malgré leur aura magique étonnamment puissante, elles ne semblaient pas détecter sa présence. Il sut alors qu'il gardait, intact, le pouvoir de répandre la désolation sur terre.

— Il vaut mieux que tu te reposes un peu, Phoebe, déclara Piper.

Elle débarrassa la table et se leva.

— Je vais faire les courses toute seule.

— Attends, je viens avec toi. Un peu d'air me fera du bien. Et si tu nous accompagnais, Prue ?

— J'aimerais garder un œil sur toi, mais il faut d'abord que je développe les photos de Tremaine. Gil voudrait avoir les épreuves demain sur son bureau.

— Dommage.

— Tu penses que les photos du *P3* seront prêtes pour samedi ?

— Bien sûr. Je te les montrerai ce soir.

Prue se leva à son tour et se dirigea vers la porte de la cave. Elle saisit au passage une sacoche et un carton de papiers.

— Et si elles ne te plaisent pas, continua-t-elle, je pourrai toujours en prendre d'autres ce soir ou demain.

— Super. Il faut que tout soit parfait pour samedi.

Athulak s'approcha de la voyante appelée Phoebe, mais s'éloigna aussitôt car la jeune femme avait rejeté la tête en arrière et fermait les yeux. Il scintilla doucement, impatient de constater les effets de ses pouvoirs de destruction. Mais il ne se passa rien du tout.

Contrarié, il passa devant elle comme un souffle et se glissa au travers d'une des grilles de ventilation pour se rendre à l'air libre. Maudites soient ces sorcières ! Mais elles finiraient, elles aussi, par succomber au mal.

Ce n'était qu'une question de temps.

CHAPITRE 4

Phoebe poussait le Caddie dans les rayons du supermarché tandis que Piper vérifiait sa liste de courses.

— C'est pour la kermesse de samedi ? Pourquoi ne fais-tu pas tout livrer au *P3* ?

— Non, ce n'est pas pour le club. C'est uniquement au cas où Léo aurait la bonne idée de passer me voir… Je n'ai pas envie d'être prise de cours, alors je vais mijoter de bons petits plats et les mettre au frais. Il n'y aura plus que les bougies à allumer ! Enfin… s'il a du temps à me consacrer. Au pire, je me consolerai en me goinfrant.

— Cool ! Quoi qu'il arrive, le frigo sera plein. J'adore quand tu cuisines.

— Bon, je vais doubler les proportions, alors.

— Tu as oublié Prue. Triple-les ou attends-toi à une scène.

— Oui, je vois très bien le tableau... (Elle lut attentivement les valeurs nutritionnelles d'un paquet de lentilles.) Au fait, tu peux me rappeler de téléphoner au traiteur, demain ? J'ai commandé toute une série d'amuse-gueules pour la kermesse, et je voudrais m'assurer que la livraison se fera en temps et lieu.

— Quel genre d'amuse-gueules ?

— Des feuilletés, des petites saucisses, des pruneaux au lard, des pains surprises... le bazar habituel, quoi.

— Waouh ! Tout ça ? Tu ne crois pas que des chips et cacahuètes auraient fait l'affaire ? Cela te reviendrait surtout moins cher.

— Plus simple, moins cher et on ne peut plus ringard.

— Oui, je sais, mais le *P3* est un club. Ce que les gens veulent, c'est de la bonne musique et une ambiance branchée, pas de la bonne nourriture. Ce n'est pas un restaurant !

— Peut-être, mais il faut bien attirer les gens de la kermesse vers notre stand, sinon ils ne sauront jamais que le *P3* est un club génial.

Tendant sa liste à Phoebe, Piper ajouta :

— C'est pourquoi je vais leur proposer un buffet du tonnerre.

— Bon, c'est toi qui vois.

Elle haussa les épaules et attrapa le bout de papier que lui tendait sa sœur.

— Et si on prenait un peu de ces…

— Attends ! s'écria Phoebe en la tirant par le pan de sa veste.

— Qu'est-ce que…

Un type à la mine patibulaire avait failli la renverser avec son Caddie. Il avait débouché d'une allée comme un bulldozer. Mal rasé, le t-shirt sale et le jean déchiré, il ne daigna même pas s'excuser. Après avoir pris un paquet de pain de mie, il se dirigea à grands pas vers une caisse.

Révoltée, Piper dut se retenir de ne pas le figer sur place, mais elle réalisa soudain que sa sœur avait prévu la collision avec cet individu.

— Tu savais ?

— Oui. J'ai eu un flash quand tu m'as donné ça.

Elle lui montra le bout de papier sur lequel Piper avait écrit sa liste de courses.

— Je t'ai vue tomber à la renverse dans les gâteaux à la crème et te casser un poignet dans la foulée ! Heureusement que j'étais là, hein !

— Je ne te remercierai jamais assez de m'avoir épargné ça…

Elle était saine et sauve mais un sentiment de malaise l'étreignit. Ce n'était pourtant qu'un petit incident de rien du tout. Pourquoi se sentait-elle alors en danger ? Depuis qu'elles étaient les Charmed, Piper et ses sœurs avaient appris, à leurs dépens, que le danger les guettait à chaque instant, surtout quand elles s'y attendaient le moins…

Elle se rappela alors les années d'insouciance, quand elle n'était encore qu'une jeune femme ordinaire, dont le rêve le plus fou était de se marier et d'avoir des enfants. Tout ça était bien loin maintenant ! Pas facile de mener une vie « normale » quand on est l'une des sorcières les plus puissantes de l'histoire et quand on sort avec un Ange Blanc qui joue au fantôme…

— Reprends-toi, ce n'est rien, lui dit Phoebe en voyant sa mine renfrognée.

— Oui, bien sûr.

Un abruti n'allait quand même pas lui gâcher la journée ! Elle poussa un profond soupir et se passa une main dans les cheveux.

— Ça va ? s'inquiéta Phoebe. Tu as l'air contrariée.

— Oui, ça va… J'étais juste en train de me dire qu'on avait encore des tonnes de choses à faire d'ici samedi et qu'on n'avait pas de temps à perdre. Où en étions-nous déjà ?

— Ben, on vient à peine de commencer…

Tandis qu'elles s'acheminaient vers le rayon des primeurs, Piper repensa à Léo. Avec lui, impossible de prévoir un dîner romantique… C'était de plus en plus dur de l'attendre sans savoir quand il surgirait et combien de temps il pourrait rester. Il lui manquait tant.

— Tu veux prendre ça pour Léo ? lui demanda Phoebe en jetant dans le Caddie deux boîtes de barres de céréales.

— Tu sais aussi lire dans les esprits, maintenant ? s'étonna Piper, avec un sourire amusé. J'étais justement en train de penser à lui.

— Tu penses toujours à lui. Il te manque vraiment, hein ?

— Oui, mais je sais qu'il reviendra dès qu'il pourra, répondit-elle en se détournant. Je crois que le pain noir est par là-bas.

— Hum, j'adore ça ! On en prend dix tonnes.

— Ça marche.

Piper, Prue et Phoebe raffolaient du pain noir, cela leur rappelait celui que préparait leur grand-mère, quand elles étaient petites. Elles adoraient les énormes tartines beurrées et nappées de miel.

— Avec ça, je crois que je vais devoir passer ma semaine à faire de la gym, grimaça Phoebe en se tapotant l'estomac.

— Tu n'as qu'à t'en passer.

— Oh non ! La vie est bien trop courte pour ne pas se faire plaisir de temps en temps.

Et ce n'était pas Piper qui allait dire le contraire. En suivant Phoebe à travers les allées du magasin, elle se remit à penser à Léo. Lui manquait-elle autant qu'il lui manquait ? Le temps ne s'écoulait pas à la même vitesse dans le monde du surnaturel. Alors que cela faisait deux semaines qu'il avait quitté le manoir des Halliwell, une seule journée à peine s'était écoulée dans son univers.

À moins qu'il ne se trouve quelque part ici, sur terre, pour une mission, songea-t-elle.

— Il ne nous manque plus que des légumes et des fruits et on a fini, annonça Phoebe joyeusement.

— Tant mieux. On pourra passer à des choses plus amusantes.

— Comme manger ? Youpi ! J'ai une faim de loup.

Phoebe se dirigea droit sur le comptoir des herbes fraîches qu'un jeune employé était en train de remplir.

— Hum... idéal pour la sauce au fromage blanc, murmura-t-elle en s'approchant de lui. Pourrais-je avoir ce bouquet de ciboulette, s'il vous plaît ?

Le type aurait visiblement préféré qu'elle prenne un des bouquets défraîchis qui restaient dans le bac. Il lui tendit à contrecœur celui qu'il tenait en main.

— Tenez... grommela-t-il d'un air maussade.

Piper était occupée à choisir des tomates et laissa sa sœur se débrouiller seule. Après tout, elle savait très bien s'y prendre, quand elle le voulait. Mais en ne la voyant pas revenir, elle se retourna et la chercha des yeux. Le jeune employé repartait tranquillement vers la réserve.

Le bouquet de ciboulette gisait sur le sol, et Phoebe, les yeux fermés, la respiration haletante, s'agrippait au présentoir pour ne pas tomber.

— Phoebe, qu'est-ce qu'il y a ?

Mais déjà la jeune femme n'entendait plus rien. Une vision la secouait violemment. À peine avait-elle effleuré la main de ce garçon qu'elle l'avait vu hurler de douleur, le corps broyé par des parois métalliques qui se refermaient sur lui.

Elle entendit alors un rire diabolique résonner dans son esprit... Peu à peu la scène d'horreur se dissipa, la laissant pantelante.

Piper dut la saisir à bras-le-corps pour l'empêcher de s'effondrer. Ce n'était pas normal, jamais Phoebe n'avait eu des visions à intervalles aussi rapprochés...

— Tu vas bien ?

Encore sous le choc, Phoebe respira profondément et s'épongea le front. Se ressaisissant, elle regarda autour d'elle avec anxiété.

— Où est-il ?

— Qui ça ? L'employé du supermarché ? Je l'ai vu entrer dans la réserve.

— Viens vite. Il va être réduit en bouillie si on n'intervient pas !

Elle s'élança vers les grandes portières de plastique qui ouvraient sur l'entrepôt du magasin et s'y engouffra, suivie de près par Piper.

— Je ne comprends pas... Que va-t-il lui arriver?

— Ça! répondit Phoebe en lui indiquant un semi-remorque qui reculait vers la plate-forme de déchargement.

La veille, la catastrophe avait surgi au galop avec un poney fou furieux. Aujourd'hui, telle une bombe à retardement, elle se cachait sous le capot d'un quinze tonnes.

Phoebe repéra le jeune homme, debout sur la plate-forme, en compagnie d'un homme en cravate et en bras de chemise. *Le chef d'entrepôt*, devina-t-elle avant d'apercevoir un autre homme, assis dans la cabine d'un élévateur à fourche.

Elle hésita puis réalisa que cette scène n'était pas conforme à sa vision. Elle avait vu le jeune employé debout sur le sol, à l'extérieur, et non sur le bord de la plate-forme, et le camion l'écrasait contre le mur du bâtiment. Comme pour répondre à son interrogation, l'homme à la cravate jeta un coup d'œil sur le chargement et lança :

— Barry, pousse ces cageots de l'autre côté. Ils n'ont rien à faire ici.

— D'accord, m'sieur.

Comme il sautait à terre pour aller déplacer les caisses, son chef se tourna vers l'élévateur.

— Non ! hurla alors Phoebe. Faites-le sortir de là !

Barry leva la tête, oubliant totalement le chauffeur qui continuait de faire reculer son engin vers la zone de déchargement.

— Désolé, mesdames, vous ne pouvez pas rester là… C'est inter…

— Piper ! s'écria Phoebe en jetant un regard implorant à sa sœur.

Serait-elle de taille à figer un semi-remorque et quatre personnes à la fois ? Il le fallait, en tout cas, sinon Barry finirait écrabouillé.

— Piper ! Vite !

— D'accord.

La jeune femme se concentra et leva les bras devant elle.

Phoebe courait déjà vers Barry quand la scène se figea d'un coup.

— Il faut se dépêcher, la prévint sa sœur. Je ne sais pas combien de temps ça va tenir.

— Assez longtemps, j'espère.

Phoebe regretta que Prue ne soit pas là. Avec ses pouvoirs elle aurait pu mettre le jeune homme à l'abri sans problème.

Piper vint à son secours et l'aida à soulever Barry.

— Allez, viens, mon grand.

Les deux sorcières parvinrent à l'écarter pile au moment où le camion se remettait en mouvement. Le moteur faisait un bruit assourdissant.

— Que… ? Qu'est-ce qu'elles font ? bredouilla le chef d'entrepôt en voyant Phoebe et Piper disparaître puis réapparaître à quelques pas de lui.

La plupart du temps, elles essayaient de retrouver leur position initiale avant que les autres ne se réveillent, mais ce n'était pas toujours possible. *Tant pis*, se dit Phoebe au moment où Barry dégringolait en arrière, entraînant les deux sœurs dans sa chute.

Les freins du semi-remorque grincèrent et l'engin s'arrêta devant l'ouverture béante de l'entrepôt.

Ne comprenant pas ce qui lui arrivait, Barry essayait de se dégager.

— Encore une fois, Piper ! lança Phoebe à sa sœur.

Cette dernière acquiesça, leva les mains et, de nouveau, figea tout le monde. Puis elle se releva en soufflant et jeta un regard circulaire.

— Et maintenant ?

Phoebe poussa doucement Barry sur le côté pour se dégager et se remit debout.

— On file d'ici !

Elle entraîna sa sœur par le bras et se rua vers les battants en plastique. Elles passèrent devant le chef d'entrepôt et se réfugièrent dans le magasin avant que tout ce petit monde ne se remette en mouvement. Poussant leur Caddie comme si de rien n'était, elles s'éloignèrent vite.

— Plus vite on sera sorties d'ici, mieux ce sera, déclara Piper en pressant le pas.

— Et les légumes ?

— On en prendra chez Sam sur le chemin du retour.

Heureusement, il n'y avait presque personne aux caisses.

Lorsque toutes les marchandises furent passées, Phoebe sortit sa carte de crédit et la tendit à la caissière. Mais, à l'instant où leurs doigts s'effleurèrent, elle fut saisie d'une nouvelle vision, aussi violente que les précédentes. Trop rapide. Elle n'avait eu le temps de distinguer que du sang qui s'écoulait d'une plaie béante.

— Vous allez bien, mademoiselle ? lui demanda la caissière en la voyant pâlir et tituber.

Phoebe secoua la tête, cligna des yeux et répondit :

— Oui, oui… ça va. Merci.

Elle s'efforça de sourire et ajouta :

— Faites attention en manipulant les objets pointus ou tranchants.

La jeune femme la regarda d'un drôle d'air, ne comprenant pas ce qui lui valait cette mise en garde.

— Euh… oui, bien sûr…

— Prête ? intervint Piper pour couper court au malaise.

— Oui, j'arrive.

À la sortie du supermarché, Phoebe se retourna d'instinct pour s'assurer que personne ne les suivait.

Derrière elle, la caissière, qui était en train de changer le rouleau de sa machine, poussa un petit cri. Elle venait de se couper le doigt en lissant le papier. Du sang coulait sur ses mains...

Prue adorait la tranquillité du labo photo qu'elle s'était installé dans la cave du manoir Halliwell. À l'exception des intrusions occasionnelles de démons qui cherchaient à l'éliminer, ce qu'elle considérait comme son antre professionnel était parfaitement isolé du monde extérieur. Même ses sœurs, qui n'hésitaient jamais à fouiner dans ses affaires pour lui emprunter du maquillage ou des vêtements, respectaient cet espace.

Elle ne regrettait pas d'avoir changé de carrière professionnelle. Bien sûr, travailler en free-lance comportait des risques, mais au moins elle faisait ce qu'elle voulait sans avoir à rendre des comptes à un patron. La photographie avait toujours été sa passion, autant exploiter ce talent pour gagner sa vie.

— Comme si ma vie n'était pas déjà assez angoissante, murmura-t-elle pour elle-même.

Ce n'était pas évident de lâcher un poste stable et bien payé pour se lancer à l'aventure. Une chance qu'elle ait réussi à décrocher un entretien avec le rédacteur en chef du *415*. Malgré son inexpérience dans le milieu, il lui avait confié plusieurs missions dont le reportage sur Tremaine. Elle ne devait pas le décevoir, la suite de sa carrière en dépendait.

Elle jeta alors un coup d'œil sur les négatifs de la première série de photos qu'elle avait faite du candidat au Congrès et hocha la tête d'un air satisfait. Gil et Tremaine allaient les adorer, elle en était certaine. Après les avoir développées, elle attendit quelques instants que les clichés sèchent. La lumière et les angles de vue adoucissaient le visage austère du politicien, ce qui n'allait pas manquer de satisfaire son orgueil. Sur un des portraits, elle était parvenue à saisir son admiration pour la statuette primitive. Il y avait alors une touche d'humanité inhabituelle chez lui, qui le rendait presque attachant. Si Prue n'avait pas été au courant de ses convictions politiques, elle aurait sans hésitation voté pour lui.

— Malheureusement, M. Tremaine, vos idées ne m'inspirent pas une seconde, soupira-t-elle. Désolée, mais je ne vous donnerai pas ma voix.

Une petite tache sur l'œil de la statuette attira son attention. Elle y regarda de plus près et distingua une sorte d'entaille. Inquiète, elle examina d'autres clichés, pour découvrir à chaque fois une trace de plus en plus nette, qui, sur une photo en particulier était comme une traînée gris pâle.

Un défaut dans le film ? se demanda-t-elle en vérifiant la pellicule. Elle n'avait pourtant jamais eu de problème de ce genre, mais cela ne voulait pas dire que c'était impossible.

Il ne fallait pas non plus écarter une piste surnaturelle. Non pas qu'elle soit devenue parano à force de voir débarquer à l'improviste démons et autres créatures maléfiques, mais elle avait appris à rester sur ses gardes. C'était ce genre de petits détails, qu'elle avait trop souvent négligés, qui s'avéraient déterminants. Elle repassa alors en revue la séance de photos avec Tremaine mais ne se rappela rien de suspect… si ce n'était son brusque changement d'humeur après un moment d'absence.

Elle avait d'abord attribué cela à la pudeur ou à l'orgueil, mais n'en n'était pas certaine. En réexaminant la série de portraits, elle s'aperçut que l'un d'eux montrait Tremaine complètement absent.

Troublée, Prue sentit une boule d'anxiété au niveau de l'estomac. Il n'y avait peut-être aucune raison de s'inquiéter, mais quelque chose la mettait mal à l'aise sans qu'elle sache quoi.

Et si ce n'était que son objectif ou ses filtres qui étaient rayés ?

Elle sortit une loupe d'un tiroir et observa chaque photo l'une après l'autre. La trace n'apparaissait pas tout le temps et, surtout, elle ne se trouvait pas toujours au même endroit. Sur un gros plan, la traînée grise partait clairement de l'œil de la statuette primitive.

De plus en plus intriguée, Prue décida de refaire une série de photos pour voir si le défaut venait de son matériel. Mieux valait en avoir le cœur net.

Elle grimpa à la cuisine, mit de l'eau à chauffer pour le thé. Pendant ce temps, elle récupéra sa sacoche dans le salon et chargea son appareil avec une pellicule neuve. Puis elle se servit un bon thé brûlant avant de se remettre au travail.

Il fallait recréer la même lumière feutrée que dans la bibliothèque de Tremaine. Elle tira les rideaux et prit au hasard quelques photos des meubles hérités de leur grand-mère.

CHAPITRE 5

Piper se gara devant le magasin de fruits et légumes, coupa le moteur et agrippa le bras de Phoebe qui s'apprêtait à descendre :

— Attends.

— Quoi ? Qu'est-ce qui se passe ?

— À toi de me le dire, répondit Piper en fixant sur elle un regard sévère.

Sa sœur, d'habitude si bavarde, n'avait pratiquement pas dit un mot depuis qu'elles avaient quitté le supermarché.

— Qu'est-ce que tu veux que je te dise ?

— Ce que tu as, pardi !

— Mais je n'ai rien ! Et puis, ne me regarde pas comme grand-mère. J'ai l'impression d'avoir de nouveau cinq ans.

Petites filles, lorsqu'elles faisaient une bêtise, leur grand-mère le devinait toujours. Elles n'arrivaient jamais à lui cacher quoi que ce soit. À croire qu'elle avait les yeux derrière la tête ou qu'elle possédait des pouvoirs magiques. Mais elle n'avait pas besoin d'être une grande sorcière pour voir leur petit air coupable… Phoebe ne l'avait compris que bien plus tard.

— C'était le bon temps, soupira Piper.

— Tu sais, je croyais vraiment qu'elle avait des yeux dans le dos, reprit Phoebe en riant.

— Oui, moi aussi. Mais cela ne sert à rien de changer de sujet, je ne te lâcherai pas tant que tu ne m'auras pas dit ce qui te tracasse.

— Je ne vois pas où tu veux en venir.

— Arrête ton cinéma. Tu as beau le cacher, ton inquiétude se voit comme le nez au milieu de la figure. Et comme tu t'obstines à ne rien dire, c'est encore plus louche !

— Ça se voit tant que ça ?

Elle soupira puis ajouta :

— Ne t'en fais pas, ce n'est rien.

— Phoebe ! On ne bougera pas d'ici tant que tu ne m'auras rien dit, même si la crème fraîche doit tourner sur place !

— Ce n'est pas en me menaçant que tu obtiendras quoi que ce soit.

Piper avait l'air sérieuse.

— D'accord… C'est au sujet de mes visions. Trop nombreuses, trop rapprochées, trop violentes et trop… bizarres.

— Combien en as-tu eu ces derniers jours ? Et « bizarres », comment ?

— Par exemple, j'ai eu trois flashs rien qu'au supermarché, et cela pour m'avertir soit d'un accident horrible comme avec Barry soit d'une banale coupure.

— C'est parce que tu as effleuré ces personnes, tout simplement.

— Je ne sais pas, ce… c'était tellement anodin. D'habitude, mes pouvoirs ont trait à des événements plus importants.

— Maintenant que tu les maîtrises mieux, ils sont peut-être plus sensibles… Qui sait ?

La puissance magique de leurs dons augmentait en effet à mesure qu'elles apprenaient à les manier. Sa propre aptitude à figer le temps, celui de Prue à agir sur les choses à distance ou à se téléporter leur devenaient plus faciles à contrôler. Phoebe elle-même venait de se découvrir la faculté d'entrer en lévitation. Toutes trois seraient bien plus puissantes encore si leur grand-mère n'avait endormi leurs pouvoirs afin de les protéger quand elles étaient petites.

— Ce que je ne comprends pas, c'est pourquoi.

— Peut-être parce que tes pouvoirs sont en train de s'affiner !

— Tu crois ?

— Tu as une autre théorie à me proposer ?

— Non. Bon, puisque l'interrogatoire est terminé, allons faire nos courses. J'ai tout d'un coup une envie folle de fruits.

Manifestement soulagée, Phoebe sauta de la voiture et entraîna Piper dans le magasin.

— Au fait, si tu m'en disais plus sur ton nouveau barman ?

— Ah, Rick ? Il est étudiant en psycho et prépare une thèse sur la culture pop. C'est pour ça que le job l'intéressait.

Elles saluèrent d'un signe de la main le vieux Sam, l'épicier.

— Oh… Je comprends mieux pourquoi il m'a posé toutes ces questions sur mes goût musicaux, ce n'était pas pour mes beaux yeux…

— Peut-être. Tu es maintenant obligée de faire sa connaissance pour le savoir.

— Je te vois venir, ma belle, mais je suis d'accord pour prendre un verre avec lui. Cela vaut le coup d'essayer !

— Il est adorable, tu ne le regretteras pas. En attendant, on va se séparer pour aller plus vite. Je m'occupe des légumes, et toi, des fruits. Tu veux bien ?

— Pas de problème, on se retrouve à la caisse.

Dix minutes plus tard, Piper se présentait devant le comptoir-caisse de Sam. Phoebe hésitait encore devant un étal de fraises.

— Phoebe !

— J'arrive !

Il y avait une jeune femme et son fils devant Piper. Elle finissait de ranger ses achats dans la corbeille métallique située sous la poussette de l'enfant.

— C'est un beau petit garçon que vous avez là, lui dit gentiment Sam.

— Oh… merci. Il est très turbulent, mais c'est un amour. Allez, Nathan, il faut se dépêcher, maintenant. Papa nous attend pour aller au restaurant ; il va se demander ce qu'on fait.

Le vieil homme se tourna ensuite vers Piper :

— Et toi, ça va ?

— Oui, ça va… un peu débordée, mais je suis plutôt en forme.

Elle lui rendit son sourire. Sam habitait San Francisco depuis toujours et c'était un plaisir de venir faire ses courses chez lui. L'accueil était chaleureux et amical.

Phoebe rejoignit sa sœur les bras chargés de bananes, d'oranges et de fraises. Elle passa devant Piper et déposa le tout sur le comptoir, juste derrière la cliente qui terminait de régler ses achats.

— Ouf, j'ai bien cru que… Oh, zut !

Une, puis deux, puis trois oranges roulèrent au sol. La jeune mère se baissa aussitôt pour les ramasser.

— Oh, merci, lui dit Phoebe. Ce que je peux être maladroite, parfois.

— Ce n'est rien, ça arrive à tout le monde, lui répondit-elle en se dirigeant vers la sortie.

En sortant son trousseau de clés de sa poche, une tétine était tombée à terre.

— Madame, vous avez...

Phoebe s'élançait derrière elle, la tétine à la main, quand une violente secousse l'immobilisa en pleine course.

— Ça ne va pas ? s'inquiéta Sam en la voyant se recroqueviller sur elle-même.

Piper se rua sur sa sœur pour la soutenir. Il allait arriver quelque chose au petit Nathan.

— Phoebe, s'il te plaît, qu'est-ce que tu as vu ?!

— Un... un accident... la voiture... Vite, il faut les prévenir !

Encore haletante, elle se releva et jeta un regard anxieux vers le parking. La mère de Nathan venait de démarrer et s'apprêtait à prendre le boulevard encombré de véhicules.

— On revient tout de suite, Sam ! lui cria Piper. Garde nos affaires.

Les deux jeunes femmes s'engouffrèrent dans leur voiture.

— Par où sont-ils passés ? demanda Piper en abordant la circulation.

— Je n'en sais rien. Ah, si, là-bas ! La Ford bleue. Dépêche-toi, on risque de la perdre !

Par malchance, elles durent attendre à la sortie du parking qu'un des automobilistes daigne leur céder le passage.

— Pour l'instant, elle est arrêtée au feu rouge... grommela Phoebe, la gorge nouée. S'il passe au vert trop vite, c'est fichu.

— On y va, accroche-toi !

Le moteur hurla, les pneus crissèrent tandis que Piper forçait le passage entre deux voitures. Un tonnerre de klaxons retentit, mais elle n'y prêta aucune attention et se glissa dans la file de droite... à quelques mètres derrière la Ford bleue. Le feu passa au vert.

— Fonce ! cria Phoebe.

— Je fais ce que je peux !

— Elle a mis son clignotant. Elle va tourner à droite au prochain carrefour !

— Compris ! As-tu vu les circonstances de l'accident ?

— Non, j'ai juste vu l'intérieur de la voiture et le petit se faire éjecter de son siège.

— Rien qui puisse nous indiquer quand cela va avoir lieu ?

Phoebe grimaça. Elle s'efforçait de revoir la scène mais les images se brouillaient dans sa tête. Quatre visions en si peu de temps l'avaient complètement épuisée.

— Non...

Le hurlement d'une sirène l'interrompit.

En voyant le camion rouge des pompiers, son cœur se mit à battre plus vite.

— Là ! Elle va entrer en collision avec les pompiers !

Sur leur gauche, une dizaine de voitures s'étaient rangées sur le côté.

— Mon Dieu… s'étrangla Piper.

C'était sans espoir. Avec quatre ou cinq voitures entre elles et celle de la jeune femme, et seulement quelques secondes avant l'impact, l'accident était inévitable. À moins d'utiliser ses pouvoirs…

Mais comment figer tout ce monde ? C'était impossible…

D'un autre côté, elle ne pouvait pas rester là, immobile, sans rien faire.

— Prends le volant, Phoebe !

Sans autre explication, Piper ouvrit la portière, et s'élança au beau milieu de la chaussée. Elle se faufila entre les voitures vers l'intersection tout en gardant un œil sur la Ford bleue. Le camion des pompiers roulait à toute allure, les automobilistes lui cédant le passage, mais la maman de Nathan ne semblait pas s'en rendre compte.

— Ce n'est pas vrai, je rêve !

Comment cette femme pouvait-elle être inconsciente à ce point et couper la route aux pompiers ? N'entendait-elle pas leur sirène ?

Piper leva les mains et concentra son énergie sur la Ford afin de l'immobiliser en pleine course.

Le camion de pompiers traversa le carrefour sans encombre.

Soulagée, la jeune femme relâcha son emprise sur la Ford, qui s'arrêta quelques mètres plus loin, le feu étant repassé au rouge. Nathan et sa maman ne sauraient jamais qu'ils venaient de frôler la mort.

Tremblante, Piper regagna sa voiture. Elle s'écroula sur le siège du passager en secouant la tête.

— Bravo ! la félicita Phoebe avec un grand sourire. On retourne récupérer nos fraises chez Sam ?

— Nos fraises, nos carottes, nos poivrons... et tes oranges, bien entendu.

— Oui, mes oranges... Au fait, ce fameux Rick, il n'a pas de petite amie, j'espère !

De retour à la maison, elles se préparèrent un bon thé glacé pour se remettre de leurs émotions. Cela faisait du bien de retrouver le calme du manoir après cette matinée mouvementée.

— Où est Prue ? demanda Phoebe tout en cherchant une aspirine dans le placard à pharmacie.

— Encore dans son labo, je suppose, répondit Piper qui rangeait les provisions dans le frigo. Tu as mal à la tête ?

— Oui, je n'en peux plus. Ça ne t'ennuie pas si je te laisse ranger les courses toute seule ?

— Pas du tout, repose-toi un peu. Tiens, mange quelques biscuits, cela te fera du bien.

Phoebe la remercia d'un sourire et s'installa dans le fauteuil à bascule de la cuisine. Elle ramena les genoux sous son menton et regarda d'un air distrait son aspirine fondre lentement.

C'est alors que Prue vint les rejoindre. Elle semblait contrariée.

— Tu fais la même tête que moi quand je viens de rater un soufflé, la taquina Piper. Ce sont les photos de Tremaine qui te mettent dans cet état ?

— Oui et non. (Elle étala une série de clichés sur la table.) Elles sont plutôt réussies.

— Dis donc, il ressemble au canapé du salon, ton politicien ! s'esclaffa Phoebe. Pourquoi as-tu photographié tous nos meubles ?

— C'est vrai qu'elles sont belles, tes photos. Du grand art ! gloussa Piper. Tu as réussi à saisir l'essence même de la table basse. Bravo !

— Écoutez, les filles, je n'ai pas envie de blaguer. Ces photos, c'est juste pour vérifier que mon matériel n'a pas de défaut.

— Te voilà rassurée, alors ? dit Phoebe en roulant les yeux.

— Oui, justement. C'est là qu'est le problème.

— Fais comme si on ne comprenait rien à rien et explique-nous tout depuis le début, suggéra Piper en lui tendant un verre de thé glacé.

— Tenez, fit Prue en leur montrant une photo de Tremaine avec la statuette à la main. Regardez.

— Beau gosse ! Il mérite sa réputation de tombeur ! lança Piper. Mais c'est quoi le truc bizarre qu'il tient ?

— Une statuette sacrée qui viendrait d'Amérique du Sud. D'après lui, elle aurait des milliers d'années.

Curieuse, Phoebe sortit ses lunettes de son sac et regarda la photo de plus près.

— Il y a une tache, là, on dirait.

— Exactement.

— Dommage, commenta Piper. C'était un beau cliché. Je suis sûre que Tremaine l'adorerait.

— Ce n'est pas ça qui m'ennuie, pour tout vous dire.

Ses sœurs la dévisagèrent, de plus en plus intriguées.

— La photo est parfaite, à part cette traînée, comme vous l'avez remarqué. Seulement mon objectif est nickel... C'est soit un défaut du film lui-même, soit...

— Hum... Je vois ce que tu veux dire, soupira Piper.

Phoebe sentit son mal de tête redoubler d'ardeur. Tout cela ne lui disait rien qui vaille.

CHAPITRE 6

L'atmosphère sereine et studieuse de la bibliothèque fit du bien à Prue après leur course-poursuite à travers le campus pour empêcher un étudiant de se faire écraser par une gigantesquc branchc d'arbre. Phoebe et elle s'installèrent à l'une des tables du fond de la salle, près d'une fenêtre.

— Ça va ? demanda-t-elle à sa sœur en la voyant s'écrouler sur un siège.

— J'ai juste un peu mal au crâne, comme tout à l'heure, mais ça ira.

Prue sortit de son sac un dossier où elle avait classé les photos de Tremaine.

— Je vais commencer les recherches. Souffle un peu avant de t'y mettre aussi.

Elle lui donna un baiser sur la joue et esquissa un sourire qui se voulait rassurant, mais l'état de Phoebe l'inquiétait beaucoup. Son mal de tête coïncidait étrangement avec le sentiment de malaise qu'elle-même ressentait en permanence.

— Je vais jeter un coup d'œil dans la banque de données et je reviens tout de suite. Tu veux un verre d'eau ?

— Non, ça ira, merci.

Prue hésita avant de s'avancer vers un des ordinateurs libres. Il se passait parfois des semaines entières sans que Phoebe ait la moindre vision. Et, aujourd'hui, elle en avait eu cinq ! Cela tournait au cauchemar…

Quelques minutes lui suffirent pour trouver une liste d'ouvrages sur les civilisations amérindiennes et les références de publications dans des revues d'art.

Parfait, songea-t-elle en se dirigeant vers le rayon d'anthropologie et d'archéologie. Elle le connaissait comme le fond de sa poche pour avoir travaillé des années dans une salle des ventes spécialisée dans les objets anciens.

En parcourant les différents titres, elle pensait à leur nouvelle vie à toutes les trois depuis qu'elles s'étaient découvertes sorcières. Si c'était bien pratique de posséder la faculté de déplacer les objets à distance, leur mission était parfois lourde à porter pour leurs frêles épaules. Difficile de continuer de vivre normalement quand on a toutes ces vies innocentes à charge ! Heureusement que ses sœurs et elle pouvaient compter les unes sur les autres.

Elle mit enfin la main sur les ouvrages qu'elle cherchait et se dépêcha de retourner vers la table où l'attendait Phoebe. Un courant d'air glacé s'engouffra entre les rayonnages et lui donna la chair de poule.

— Je vois que tu as retrouvé des couleurs, lança-t-elle joyeusement à sa sœur. Tant mieux, parce qu'on a de la lecture !

— Wouah ! *Civilisations perdues de l'Amazonie*, *Rites religieux chez les Indiens d'Amérique du Sud*... On ne va pas s'ennuyer.

— Ne t'emballe pas. On va peut-être découvrir que cette statuette n'est qu'un vulgaire pilon qui servait à moudre le grain, ou quelque chose du genre.

— Tant pis. Ce n'est pas moi qui me plaindrai si ce truc est inoffensif ! Ça changera un peu de notre routine, non ?

— Notre routine... c'est ça, grimaça Prue. En tout cas, je me ferais un plaisir d'annoncer à Stephen Tremaine que sa précieuse œuvre d'art n'est qu'un ustensile de cuisine.

— Tu aimerais donc revoir ce monsieur ?

— Je reconnais qu'il est bel homme, mais je ne partage pas ses idées et il dégage quelque chose d'antipathique. (Elle frissonna.) Tu ne sens pas ce courant d'air ? Brr...

— Ce doit être l'air conditionné. Vu la chaleur dehors, ils ont dû le mettre à fond.

— Je ne vois pourtant aucune bouche de ventilation dans le coin. C'est bizarre.

Prue se frotta les bras et mit cela sur le compte des émotions des dernières heures. Ses nerfs avaient été rudement éprouvés et elle ferait mieux de prendre un bon bain chaud avant toute autre chose.

— Allez, on rentre, déclara-t-elle au bout d'un moment en réunissant ses affaires. Je vais emprunter ces livres et on finira de les lire tranquillement à la maison.

— C'est la meilleure idée que tu aies eue de la journée, je te suis.

Une fois dehors, Prue respira avec délice l'air estival. Le soleil inondait le campus et de nombreux étudiants se prélassaient dans l'herbe. Rien d'effrayant à l'horizon… Enfin, pour l'instant ! Elle se passa la main dans les cheveux et chassa ses idées noires. Il n'y avait quand même pas un démon à chaque coin de rue !

Athulak survolait les rues et les avenues de la grande cité, planant au-dessus des têtes, surprenant le babillage futile des humains. Ils étaient si vaniteux, si faibles, si fragiles… Comme il serait facile d'amener sur eux la désolation et le chaos !

Il prenait goût à cette forme d'immatérialité, se mêlant à la brise, se faufilant dans la foule pour semer la peur. Rien ne l'arrêtait. Personne ne soupçonnait son retour.

Pas même ces sorcières. Elles sentaient son aura maléfique, mais ne savaient encore rien de lui, ni de ses pouvoirs extraordinaires.

Les paroles de Tremaine l'avaient ramené à la vie, avaient réveillé son esprit endormi dans la pierre. Maintenant, chaque vœu serait exaucé... aux dépens de qui le formulerait, bien évidemment, mais ça, personne ne s'en doutait.

Tant que les Charmed ignoraient son identité, elles ne pourraient le combattre. La magie des trois était la seule qui pût le bannir de nouveau dans les limbes de l'oubli, la seule chose qu'il redoutât vraiment. Il suffisait de ne pas se dévoiler.

Athulak savourait déjà sa victoire.

CHAPITRE 7

Absorbée par sa lecture, Prue but une gorgée de café. Le liquide froid la fit sursauter.

— Berk ! Il est tout froid.

— Tu as trouvé quelque chose ? lui demanda Phoebe en bâillant.

— Rien, zilch, nada ! Même pas la trace d'un espoir !

Le livre sur les genoux, Prue s'adossa contre le dossier du siège à bascule. Elle s'étira longuement puis fixa d'un œil éteint la pile d'ouvrages empruntés à la bibliothèque. Les deux sœurs avaient passé l'après-midi et la soirée le nez fourré dedans sans trouver le moindre renseignement sur la statuette de Tremaine.

— C'est peut-être qu'il n'y a rien à trouver sur ce bonhomme de pierre, reprit Phoebe en mettant de l'eau à bouillir. Il devait servir de pilon ou quelque chose comme ça…

— Je ne crois pas que ce soit un objet aussi banal. (Elle lui tendit sa tasse de café froid.) Tu veux bien me jeter ça, s'il te plaît ?

— Quoi, ce n'est pas bon ? plaisanta-t-elle en vidant le reste de café dans l'évier. Je suis en train de faire du thé, tu en voudras ?

Prue refusa d'un signe de tête et reprit la photo de Tremaine avec la statuette. Peut-être Phoebe avait-elle raison. Peut-être ce prétendu objet sacré n'était-il qu'un vulgaire caillou sculpté, qui n'avait d'exceptionnel que son origine et son âge. Quant à cette traînée gris pâle sur le cliché, ce devait être tout simplement un défaut de la pellicule.

Pourquoi voir le mal partout ? songea-t-elle. Les trois sœurs avaient déjà assez à faire avec les prémonitions de Phoebe qui se multipliaient. Prue lui jeta un coup d'œil rapide. Appuyée contre le comptoir, elle se massait lentement la nuque.

— Tu as encore mal à la tête ?

— Ce n'est rien, juste un peu de sommeil en retard, la rassura-t-elle en réprimant un bâillement.

Jusqu'à présent, les Charmed avaient de nombreuses fois risqué leur vie pour sauver des gens en danger de mort, mais, ces derniers jours, elles couraient dans tous les sens pour empêcher des incidents aussi insignifiants qu'une coupure au doigt ou une cheville tordue ! Cela ne pouvait pas durer...

Phoebe devait apprendre à maîtriser ses visions si elle ne voulait pas devenir folle.

— Te sens-tu d'attaque pour aller faire un petit tour au *P3* ?

— Maintenant ? Il est presque onze heures !

— Et alors ? Cendrillon a peur de se transformer en citrouille à minuit ?

Phoebe gloussa. Elle réfléchit un instant et se dit qu'elle avait bien mérité une pause. Et puis, ce serait l'occasion de revoir le beau Rick.

— Laisse-moi passer une tenue décente et je te suis au bout de la nuit.

C'était exactement ce que Prue voulait entendre. Que sa pétillante petite sœur ne veuille pas sortir l'aurait autrement inquiétée qu'une étonnante trace grise sur ses photos. Mais les maux de tête à répétition de Phoebe méritaient qu'elle en recherche la cause. Ce ne pouvait pas être imputé à la seule fatigue. Une réunion des trois s'imposait. Elle ne manquerait pas de le rappeler à ses cadettes le lendemain.

Il y avait un monde fou devant l'entrée du *P3*. Phoebe grimaça à l'idée d'avoir à se frayer un chemin dans cette bousculade. Il suffisait en général d'un simple effleurement avec quelqu'un pour provoquer une vision, qu'allait-il lui arriver avec toute cette foule ? Cela pouvait tourner au véritable cauchemar…

Elle commençait à se demander si elle avait bien fait de quitter le calme du manoir avec cette fichue migraine. Une sorte de sixième sens l'avait pourtant poussée à ne pas rester seule ce soir-là. C'était comme si une catastrophe se préparait dans l'ombre. Elle n'arrivait pas à savoir quoi exactement ni même à analyser clairement cette sensation d'angoisse, mais elle avait en permanence une boule dans la gorge.

— Piper doit être ravie, avec tous ces gens qui attendent d'entrer ! fit remarquer Prue en souriant. Pas mal pour un jour de semaine.

Les deux sœurs descendirent de leur voiture et se dirigèrent d'un pas alerte vers le club. L'aînée des Halliwell lissa son fourreau de velours noir qui accentuait à ravir sa silhouette longiligne. Elle était splendide et attirait tous les regards. Phoebe adorait quand sa sœur mettait cette robe. Elle trouvait que cela lui donnait un petit côté femme fatale… Prue avait de nombreux prétendants, mais elle refusait systématiquement tout rendez-vous galant. Difficile de mener de front une vie amoureuse et ses devoirs de sorcière. La dernière fois qu'elle s'était entichée d'un garçon, il s'était révélé être un horrible démon… Depuis, elle préférait se méfier des beaux ténébreux.

Quant à Phoebe, elle avait failli épouser le fils du dieu des Enfers ! Mais elle était loin d'avoir la même réserve que son aînée et cherchait toujours l'âme sœur. C'était un vrai cœur d'artichaut et une incorrigible romantique.

Avoir un Ange Blanc comme petit ami n'était pas facile à vivre, mais au moins, Piper n'avait pas à cacher sa véritable nature à Léo. Même si Rick, le nouveau barman du *P3*, était aussi sympa que Piper l'assurait, il n'en était pas moins un simple humain auquel Phoebe devrait dissimuler ses pouvoirs.

Ce soir-là, elle portait sa jupe de soie pourpre et un caraco en dentelle assorti qui lui arrivait au-dessus du nombril. Un courant d'air glacial la fit frissonner. Elle se frotta les bras pour se réchauffer.

— Tu aș froid ? lui demanda Prue.

— Oui, un peu. Ça ira mieux une fois à l'intérieur.

Phoebe ne savait pas si Rick travaillait, ce soir-là, mais elle s'était habillée de manière à l'impressionner, au cas où.

— Il fait pourtant doux, s'étonna Prue.

— C'est que… j'ai senti…

Phoebe grimaça en réalisant qu'il faisait effectivement plutôt chaud.

— Tu as senti quoi ? Un coup de vent glacé surgi de nulle part, c'est ça ?

— Oui… Tu l'as senti, toi aussi ?

— Pas à l'instant, mais j'ai eu la même impression à la bibliothèque. Tu te souviens ? (Elle s'arrêta, pensive, puis haussa les épaules.) Allez, viens, on va rejoindre Piper.

— Attends. Vu la foule, on ferait mieux de prendre par la porte de service. Je n'ai pas envie de provoquer une émeute en passant devant tout le monde.

— Tu as raison.

Je ne sais pas si j'ai raison, songea Phoebe, *je n'ai surtout pas envie d'avoir d'autres visions ce soir.*

Mais elle n'en dit rien à sa sœur, ne voulant pas l'alarmer outre mesure. Il fallait toutefois qu'elle trouve sans tarder un moyen de calmer le jeu si elle ne voulait pas devenir folle. Si le *Livre des Ombres* ne contenait pas de remède pour guérir les pouvoirs qui s'affolaient, qu'allait-il lui arriver ? Elle ne pouvait tout de même pas passer le reste de sa vie enfermée dans sa chambre !

Les deux jeunes femmes contournèrent le bâtiment et se faufilèrent dans le corridor sombre qui menait à la réserve.

Phoebe préféra rester un instant en retrait tandis que Prue fendait la foule pour se diriger vers le bar. Il n'y avait aucune table de libre. Le groupe des *Hard Crackers* faisait apparemment une pause, mais la piste était noire de monde car le DJ continuait de passer de la musique. Piper était en train de laver des verres tandis que Jimmy et Monica, ses serveurs, étaient assaillis par les clients.

Personne n'était installé dans l'alcôve du fond. *Sans doute Piper l'a-t-elle réservée pour nous*, se dit Phoebe en l'en remerciant intérieurement.

Encore fallait-il qu'elle se décide à entrer dans la salle.

Prenant une profonde inspiration, elle s'avança avec précaution en croisant les doigts pour que les gens qu'elle aurait la malchance d'effleurer ne soient pas destinés à avoir un accident.

Pas de chance.

Un grand type un peu éméché l'aborda avec un sourire niais.

— Salut, poupée, je n'attendais que toi.

— Dommage, j'ai déjà rendez-vous avec quelqu'un.

Elle haussa les épaules et continua son chemin. Mais il voulut la retenir et, quand sa main toucha son bras, la jeune femme eut un haut-le-corps.

... un frigo ouvert, une assiette de poulet... il se tient la gorge en titubant... Il s'étouffe...

Elle recula, haletante, et le regarda droit dans les yeux.

— Ne mangez pas de poulet en rentrant chez vous.

Il la dévisagea avec un drôle d'air. La musique était très forte, il lui fit comprendre d'un geste évasif qu'il avait certainement mal entendu.

— Du poulet ?

— Oui, les restes que vous avez dans le frigo, insista-t-elle en se moquant bien de savoir s'il la prenait pour une dingue. Jetez-les à la poubelle. N'y touchez surtout pas ou vous allez mourir. C'est clair ?

Abasourdi, il se contenta de hocher la tête.

— Je ne plaisante pas, ajouta-t-elle en s'éloignant.

Elle ne vit pas une grande blonde et lui rentra dedans. Cette dernière marmonna de vagues excuses avant de boire d'une seule traite son verre de whisky.

... arrêtée par la police, trop ivre pour se tenir debout... gardée en détention pour la nuit...

Phoebe resta sous le choc au milieu de la piste de danse. Deux visions à seulement quelques secondes d'intervalle, ce n'était pas facile à encaisser. Puis elle se ressaisit, rassembla son courage à deux mains et gagna l'alcôve le plus vite possible.

L'estomac noué, son mal de tête était maintenant insupportable. Elle se laissa tomber sur la banquette de velours et garda les yeux fermés un moment. Il ne faudrait pas oublier de dire à Piper d'appeler un taxi pour cette cliente.

Piper et Prue la rejoignirent presque aussitôt.

— Qu'est-ce qui t'est arrivé ? s'inquiéta la première en s'asseyant à côté d'elle. Tu es toute blanche.

Phoebe se sentait un peu mieux, mais devait afficher une mine terrible.

Prue lui passa une main sur le front.

— Tu n'as pas de fièvre et pourtant tu es tremblante.

— Si seulement j'étais malade, mais c'est bien pire.

Elle se décida enfin à leur faire part de ses craintes. La multiplication de ses visions s'accompagnait de maux de tête et l'affaiblissait à vue d'œil. Elle était au bord des larmes et à bout de nerfs.

— Je ne savais pas que c'était à ce point… murmura Piper en lui prenant la main.

— Moi non plus, dit Prue. Je me suis laissée obnubiler par cette vieille pierre qui s'est révélée n'être, au bout du compte… qu'une vieille pierre sans intérêt.

— Tu en es sûre ? demanda Piper.

— Oui, répondit-elle en haussant les épaules. La preuve, il ne s'est rien passé d'extraordinaire.

— À part le fait que Phoebe se prend toutes les deux minutes une décharge de 3 000 volts. Mes pouvoirs me sont venus progressivement, pas d'un seul coup.

— C'est vrai, admit Prue. Mais j'ai découvert mes dons de télékinésie en un instant.

— Plus j'y repense, et plus je trouve bizarre ce courant d'air glacé, intervint Phoebe.

— Tu veux dire… comme un souffle venu de nulle part alors qu'il fait une chaleur pas possible ? demanda Piper en se raidissant.

— Tu l'as senti aussi ? s'étonna Prue.

— Oui, ce matin, pendant que je préparais les rouleaux au jambon. (Son visage s'éclaira soudain.) Oh, les filles, regardez !

Phoebe tourna la tête et vit un superbe jeune homme fendre la foule dans leur direction. Grand et athlétique, son léger hâle mettait en valeur le bleu de ses yeux et ses boucles blondes.

— Salut, Piper ! lança-t-il.

Wouah... Comment ai-je pu ne pas le remarquer ? pensa Phoebe en écarquillant les yeux. *Les études m'aveuglent !*

— Comment ça va, Rick ?

Piper esquissa un sourire victorieux en voyant sa sœur sous le charme. Prue aussi s'amusait de voir Phoebe soudain radieuse.

— Très bien, répondit-il avant de se tourner vers Phoebe. Ravi de te revoir ici...

Puis, s'adressant de nouveau à Piper, il ajouta :

— Monica m'a dit que tu cherchais quelqu'un pour la kermesse de samedi. Je suis libre, si tu veux.

— Moi aussi, enchaîna Phoebe. Je veux dire, pour tenir le stand du *P3*, samedi...

— Quelle chance ! Je vais travailler avec les deux plus jolies sœurs de San Francisco.

— Rendez-vous samedi matin à sept heures, dit Piper. J'arriverai un peu plus tard mais Jimmy te mettra au courant.

— J'y serai.

Il salua les trois jeunes femmes d'un signe de tête puis tourna les talons. Après quelques pas il se ravisa pour revenir vers Phoebe.

— J'ai hâte d'être à samedi.

— Hum... bafouilla-t-elle sans réussir à articuler un seul mot.

Il sourit.

Un sourire à faire fondre tous les icebergs du monde.

Puis il saisit sa main et y déposa un léger baiser.

Phoebe se raidit sous la violence du choc.

... *Rick lève un bras pour se défendre, attaqué par-derrière, un club de golf s'abat sur sa nuque... du sang...*

— Ça va, Phoebe ? entendit-elle au lointain.

— Euh... oui, ça va mieux. Où est Rick ?

— Il vient de partir, dit Piper en le cherchant des yeux dans la foule.

— Il va se faire attaquer dans la rue ! On va le tuer !

— Ne t'inquiète pas, on s'en occupe, la rassura Prue en bondissant immédiatement sur ses pieds.

Incapable de rester sans rien faire pendant que ses sœurs allaient porter secours à Rick, elle se décida à les suivre.

Lorsqu'elle les rejoignit à l'extérieur, une bagarre avait lieu dans la ruelle, derrière le club. Rick affrontait tant bien que mal une bande d'ados. L'un deux sortit un couteau. La lame luisait sinistrement dans la pénombre.

Phoebe ne comprenait pas pourquoi ses deux sœurs n'intervenaient pas. Debout à proximité de la scène, elles devaient attendre le moment propice pour agir sans éveiller de soupçons.

Elle réprima un cri d'effroi quand la lame s'abattit sur Rick, mais ce dernier réussit à l'arrêter à temps en saisissant au vol le bras du garçon. Il lui tordit le poignet pour le faire lâcher prise, puis lui asséna un coup de pied dans les tibias, qui finit de le mettre hors d'état de nuire.

Déjà un autre garçon prenait sa place et venait se planter devant le barman en prenant un air menaçant. C'était un gringalet qu'il n'aurait aucun mal à maîtriser, mais il n'avait pas vu qu'un de ses acolytes arrivait par-derrière en brandissant un club de golf.

— Fais quelque chose, Prue, la supplia Phoebe à l'oreille.

D'une pichenette, elle lui arracha son arme des mains et l'envoya valser en l'air jusqu'au toit du bâtiment.

Stupéfait, l'agresseur s'immobilisa, avant de détaler comme un lapin.

Quand ses compagnons le virent fuir, ils se consultèrent rapidement du regard et cédèrent à la panique. Ils partirent en courant sans demander leur reste.

Ne s'attendant pas à ce dénouement, Rick resta interdit un instant, puis se détendit enfin.

Il poussa un gros soupir et se passa la main dans les cheveux.

Les trois sorcières s'éclipsèrent sans bruit avant qu'il ne puisse remarquer leur présence. Elles regagnèrent le *P3* sur la pointe des pieds.

— Merci, souffla Phoebe à ses sœurs.

Son cœur battait encore la chamade et son mal de tête avait reprit de plus belle.

— Pas de quoi, grommela Piper. Encore une vie de sauvée…

Puis, se tournant vers Prue, elle ajouta :

— Je crois qu'il ne serait pas inutile de se replonger un peu dans vos bouquins sur les tribus sud-américaines. Des vents glacés qui surgissent en plein mois d'août, alors qu'il fait une chaleur torride, je trouve ça louche.

— Je n'y connais rien en pierres sacrées mais, en admettant qu'on les utilise pour y enfermer des esprits…

— … on peut en conclure que l'un d'eux se serait échappé, acheva Piper. Reste à savoir lequel, et pourquoi. Et, surtout, ce qu'il veut !

— Le professeur Rubin, du département d'anthropologie de l'université… il pourra peut-être nous aider, suggéra Phoebe. Je ne le connais pas, mais il a la réputation d'être un grand spécialiste des civilisations anciennes.

— Pourquoi tu ne nous as pas dit ça plus tôt ? s'exclama Prue.

— Parce que tout le monde se moque de lui, sur le campus. Comme tous les chercheurs, il est un peu excentrique, et il n'a obtenu sa titularisation que très tard. Et puis, je ne pensais pas que notre problème était si grave.

— J'irai à la fac demain pour essayer de lui parler. Je passerai d'abord au *415* pour montrer les photos de Tremaine. Au fait, où dois-je m'adresser pour voir ce fameux Rubin ?

— Au département des sciences humaines, mais le plus simple, c'est que j'y aille avec toi, répondit Phoebe.

— Pas question ! objecta Piper. Tu ne bougeras pas de la maison tant qu'on n'aura pas trouvé de quoi il s'agissait.

— Vous avez raison, j'en profiterai pour me reposer.

Si elles avaient affaire à un démon inconnu, elles ne pouvaient pas se permettre de perdre du temps et de l'énergie à empêcher les petits incidents du quotidien. Phoebe resterait donc au manoir, à l'abri de toute vision prémonitoire.

CHAPITRE 8

Le bureau du professeur Rubin se trouvait au sous-sol du bâtiment des sciences humaines. Tenant à la main les indications de Phoebe griffonnées sur un bout de papier, Prue longeait le corridor sombre, persuadée qu'elle était en train de perdre son temps.

Manifestement, le domaine souterrain du vieux chercheur ne faisait pas partie des priorités d'entretien de l'université. Il manquait des ampoules, la peinture des murs s'écaillait, et des fils électriques pendaient à nu. De l'eau de condensation gouttait des tuyaux de climatisation, formant de petites flaques sur le sol bétonné.

Puisque l'administration ne pouvait se permettre de virer, sans autre motif que son excentricité, ce professeur titularisé, on l'avait relégué dans cette cave en espérant qu'il finirait par donner sa démission.

L'état de délabrement avancé de ces lieux achevait de convaincre Prue de l'inutilité de cette entrevue.

Mais, puisqu'elle était là, autant le rencontrer maintenant. Après tout, ces universitaires farfelus se montraient parfois brillants.

Arrivée devant la porte de son bureau, son attention fut retenue par l'emploi du temps épinglé au milieu d'un fouillis de notes à l'attention des étudiants et d'articles de journaux. L'une de ces coupures montrait la photo d'un homme d'âge moyen avec des lunettes, tenant dans ses mains un livre ayant pour titre *Les Cultes anciens du Nouveau Monde*. Paru vingt-sept ans plus tôt, l'ouvrage avait connu un grand succès à sa sortie.

Intéressant… songea Prue. *Phoebe ne m'avait pas dit tout ça.*

Alors qu'elle s'apprêtait à frapper, la porte s'ouvrit brusquement devant elle. Un vieil homme aux épaules voûtées, à la chevelure hirsute et aux vêtements froissés, apparut devant elle. Il eut un vif mouvement de recul et réajusta ses lunettes à monture d'écaille.

— Oh… pardon, professeur Rubin, s'empressa de dire Prue avant qu'il n'ait une crise cardiaque. Vous… vous allez bien ?

— Je suis trop vieux pour aller bien, marmonna-t-il. Et, d'après mes très estimés confrères, je suis trop cinglé pour *être* bien. Maintenant, si vous voulez me laisser passer…

Elle esquissa un sourire contrit et fit un pas de côté.

— Je suis désolée, je ne voulais pas…

— Moi non plus. Désolé de ne pas avoir quarante ans de moins.

Il la gratifia d'un clin d'œil plein de malice et d'un sourire aussi charmant que désarmant.

— Maintenant, pouvez-vous me dire ce qu'une jolie femme comme vous vient faire par ici ? Vous seriez-vous égarée ?

— Non, je suis venue vous voir, déclara-t-elle en sortant une photo de son sac. Pour vous montrer ceci.

Il saisit le cliché et l'examina par-dessus ses lunettes.

— Que voulez-vous que je vous dise sur ce M. Tremaine ? Je l'ai en horreur.

— Vraiment ?

— Parfaitement, je le déteste ! Cet homme d'affaires possède l'une des plus belles collections d'art primitif du monde entier sans même s'intéresser à la signification culturelle ou historique de ces objets. C'est incroyable de manquer à ce point de curiosité. Il n'y a visiblement que l'argent et le pouvoir qui comptent pour lui et cette collection ne fait que symboliser sa réussite…

Prue ne pouvait pas le contredire là-dessus ! Ce professeur Rubin commençait à lui devenir bien sympathique.

— Si c'est pour essayer de me convaincre de voter pour lui, vous perdez du temps, ma jeune demoiselle. Ses industries mettent en danger notre environnement et il est hors de question que je cautionne cela.

— Si cela peut vous rassurer, je ne fais pas campagne pour Tremaine, professeur. Je voudrais juste que vous me parliez de ceci.

Prue lui montra la pierre que le politicien tenait entre les mains.

— Oh, je vois. Intéressant. Mais entrez donc.

Le vieil homme referma la porte derrière elle et alla s'installer à son bureau, où s'empilaient papiers et documents de toutes sortes. Il sortit une loupe d'un tiroir et regarda attentivement la statuette à la lumière d'une lampe à abat-jour vert.

Il régnait un joyeux désordre dans la pièce. Le vieil excentrique avait l'avantage d'être à l'abri des mauvaises langues et des habituelles rivalités entre professeurs.

— Savez-vous où Tremaine s'est procuré cet objet ?

— En Amérique du Sud. Il a dit qu'il pouvait s'agir d'une pierre sacrée renfermant un puissant esprit, et qu'elle avait sans doute plus de trois mille ans.

— Il n'est peut-être pas si inculte que ça… Et vous, que voulez-vous savoir là-dessus ?

— Est-il possible qu'un esprit puisse s'échapper de ces pierres ? Et, si oui, de quel genre d'esprit peut-il s'agir ?

Le vieil homme fixa Prue avec une intensité nouvelle.

— Vous ne croyez tout de même pas à ces absurdités ? Ce ne sont que des superstitions. Les tribus primitives s'inventaient des entités surnaturelles qu'elles rendaient responsables de toutes les catastrophes possibles.

— Peut-être, répliqua Prue sans se démonter, mais je trouve fascinant que tant de croyances anciennes aient pu être partagées par des cultures qui n'avaient aucun contact les unes avec les autres. De nombreux mythes se recoupent parfaitement et je ne suis pas sûre que ce ne soit qu'une coïncidence.

Il haussa les épaules et hocha la tête.

— Peut-être. Mais vous devez comprendre, chère demoiselle, qu'une institution aussi sérieuse que la faculté des sciences ne peut accorder de crédit à des théories pareilles ! À moins de vouloir se ridiculiser aux yeux du monde.

— Je comprends, professeur.

Il esquissa un sourire, réajusta ses lunettes et, de nouveau, se plongea dans l'observation de la photo.

— La tradition orale est encore vivace dans les tribus amazoniennes. Parmi les légendes les plus récurrentes, il y a celle d'Athulak, un esprit malfaisant qui se délecte du chaos qu'il crée autour de lui. Il se manifeste en général sous une apparence humaine anodine. La pierre que possède Tremaine semble être une représentation de ce démon.

— Charmant.

— Je ne vous le fais pas dire. Athulak aurait la faculté d'agir sur nos souhaits. Ainsi quand une tribu priait pour qu'il pleuve, il survenait une inondation, quand elle espérait la prospérité, c'étaient d'épouvantables épidémies qui s'abattaient sur elle. Vous saisissez ?

— Oui, parfaitement.

Il n'y avait cependant aucun rapport avec les événements de ces derniers jours…

— Mais, comment Athulak s'est-il retrouvé emprisonné dans cette pierre ? reprit-elle en se frottant le menton.

— En admettant qu'il s'agisse bien de la pierre renfermant Athulak, ce dont je doute, c'est une femme très puissante qui l'y aurait mis. Une sorte de chaman féminin.

Une sorcière.

— On raconte qu'elle aurait ensuite enterré la pierre au plus profond de la terre afin qu'aucune prière ne puisse le délivrer.

— Et qu'est-ce qui vous fait penser que cette statuette représente Athulak ?

— Elle correspond en tout point à la description qu'en fait la légende. Ses contours ronds et plats, sans presque aucun détail, sont la marque de cette fameuse magicienne. Le démon reste figé dans cette forme grossière et ne peut en sortir seul. Cette explication vous satisfait-elle ?

— Parfaitement, déclara Prue en rangeant la photo dans son sac.

Le professeur Rubin lui en avait dit assez pour qu'elle puisse continuer seule ses recherches.

— J'aurais peut-être une dernière question.

— Je vous écoute, mademoiselle.

— Ce genre d'esprit maléfique a-t-il nécessairement besoin de prendre forme humaine ou peut-il se manifester sous forme de souffle d'air glacé, par exemple ?

Il hésita, se frotta le menton, puis haussa les épaules avant de répondre :

— Je n'en ai pas la moindre idée. Cela me paraît une théorie intéressante… si l'on croit aux esprits.

— Alors, ce professeur Rubin ? demanda Phoebe en refermant son roman.

Une bonne nuit de sommeil et toute une journée sans aucune vision avaient eu raison de sa migraine.

— Il est vraiment aussi sinistre et grincheux qu'on le dit ?

— Je l'ai trouvé plutôt doux et charmant, bien qu'il ait été d'abord un peu sec. En tout cas, il en savait plus que nous sur cette pierre spirituelle.

— Alors, quoi de neuf?

— Où est Piper? Autant tout expliquer en une seule fois.

— Elle monte son stand pour samedi. Il fallait qu'elle soit sur place pour la livraison d'un frigo et pour vérifier la commande du traiteur. Elle devait aussi mettre une dernière touche à la déco.

Prue s'installa dans le fauteuil en face de sa sœur. Elle se déchaussa et posa ses pieds sur le rebord de la table basse.

La porte d'entrée claqua et Piper fit irruption dans le salon, la mine renfrognée.

— Vous savez combien ça coûte de louer un frigo pour une journée?

— Aucune idée, répondit Phoebe.

— Combien? demanda Prue.

— Une fortune! J'ai dû en acheter un d'occasion. Une épave, qui me servira ensuite de rangement au *P3*.

Elle allait s'écrouler sur le canapé quand Prue, qui s'était relevée dès son retour, la retint.

— Tu te reposeras plus tard. Il faut absolument qu'on consulte le *Livre des Ombres*. Tu viens aussi, Phoebe?

— J'arrive.

— Que se passe-t-il ? Tu as du nouveau sur la pierre, Prue ?

— Oui. Il pourrait s'agir d'un démon appelé Athulak qui aurait un petit penchant pour le chaos. Selon les légendes et le professeur Rubin, une sorcière l'aurait emprisonné dans une pierre avant de l'enterrer. Tremaine m'a parlé d'expéditions archéologiques, je me demande s'il n'a pas mis la main dessus au cours de l'une d'elles.

Le *Livre des Ombres* était dans le grenier et renfermait l'expérience accumulée par toutes les générations de sorcières Halliwell.

— Est-ce que cet Athulak a quelque chose à voir avec mes visions ? demanda Phoebe en s'installant confortablement dans le vieux fauteuil à bascule de leur grand-mère.

Prue, qui commençait à feuilleter le vieux grimoire, lui jeta un regard curieux.

— Aurais-tu formulé des souhaits de paix ou de prospérité, ces derniers temps ?

— Heu... pas depuis Noël, pourquoi ?

— D'après le professeur Rubin, Athulak aurait le pouvoir d'exaucer les prières des humains en les transformant en catastrophe.

— Je ne vois pas le rapport avec la multiplication de mes visions...

— Ne négligeons aucune piste, rétorqua Piper. On ne sait jamais.

Prue acquiesça d'un signe de tête.

— Note que cela t'a permis d'empêcher que des catastrophes surviennent.

— Vu sous cet angle…

En soupirant, elle se tourna vers Prue.

— Tu trouves autre chose ?

— Non, rien, pour l'instant.

Phoebe se leva et vint se placer aux côtés de son aînée. Il arrivait parfois qu'une de leurs aïeules se manifeste en les aidant dans leurs recherches. Les pages jaunies tournaient alors toutes seules et s'arrêtaient au bon endroit, mais, ce jour-là, le grimoire restait muet.

Elle poussa un gros soupir de découragement puis retourna s'asseoir dans le fauteuil. Si seulement elle pouvait comprendre ce qui avait développé son don de prémonition…

Elle se raidit soudain.

— Mais oui, bien sûr !

— Quoi ? s'étonna Piper. Raconte !

— Hier matin, en regardant les infos, j'ai souhaité que mes pouvoirs soient plus puissants, vous ne vous souvenez pas ?

— Euh… oui, tu te plaignais du fait que tes visions étaient trop sélectives.

— Eh bien, voilà ! J'ai obtenu ce que je souhaitais. Elles sont devenues nettement plus étendues !

Piper interrogea Prue du regard.

— Ça tient debout, convint cette dernière.

Elle se leva et sortit la photo de son sac.

— Qu'est-ce qu'il y a? demanda Phoebe en jetant un coup d'œil par-dessus son épaule.

— Je ne sais pas vraiment.

Elle continua de contempler la traînée grisâtre sur le cliché, puis déclara :

— Allons dans la cuisine.

— Pourquoi ? Qu'est-ce que tu as trouvé ?

— Je voudrais vérifier quelque chose avant d'avancer quoi que ce soit.

— Mais quoi ? insista Phoebe en la suivant dans l'escalier tandis que Piper refermait soigneusement la porte du grenier.

Devoir affronter un esprit maléfique ne la réjouissait pas plus que ça, mais au moins c'était une explication à ce qui lui arrivait… Il y avait peut-être de l'espoir, qui sait ?

CHAPITRE 9

— Qu'est-ce qu'elle fabrique ? s'impatienta Phoebe.

Les sourcils froncés, elle faisait les cent pas entre la table et l'évier depuis un bon quart d'heure.

Piper sortit du frigo un plat rempli de rouleaux au jambon, en coupa une rondelle et la lui fourra d'office dans la bouche.

— Mange, ça va te calmer.

— Hum... c'est bon.

Elle en prit une deuxième bouchée et s'assit enfin.

Piper était tout aussi contrariée, mais pas pour les mêmes raisons. Dans ces moments-là, rien de tel que des petits fours ! Elle ouvrit de nouveau le frigo et prit une assiette de toasts au pain noir.

La kermesse du lendemain occupait tout son esprit. Le buffet allait finalement lui coûter bien plus que prévu.

Les deux sœurs avaient englouti les toasts et les rouleaux au jambon. Elles s'apprêtaient à attaquer un plat de bâtons de carottes, de radis et de chou-fleur au fromage blanc quand Prue émergea enfin de son labo.

— Regardez ça ! lança-t-elle en étalant sur la table quatre photos de Tremaine.

— Euh… si tu nous mettais sur la piste ? suggéra Piper en se penchant sur les clichés.

— J'ai pris ces photos à quelques secondes d'intervalle seulement. C'est en les remettant dans l'ordre que j'ai saisi l'enchaînement des choses.

— Je suis désolée, mais je ne vois pas du tout où tu veux en venir, grimaça Piper en haussant les épaules.

— Moi, si, murmura Phoebe d'un air pensif. La traînée devient de plus en plus nette.

— Exactement, mais ce n'est pas tout. Regardez d'où elle part : de l'œil de la statuette vers le visage de Tremaine.

C'était manifeste mais, pour Piper, cela ne voulait rien dire. Si Prue avait tendance à voir des forces maléfiques à l'œuvre un peu partout, sa cadette se montrait plus sceptique. Il lui fallait des preuves plus évidentes.

— Je te rappelle qu'il s'agit peut-être d'un défaut de la pellicule.

— Sauf que cette traînée n'apparaît pas *exactement* au même endroit !

Elle sortit une règle de sa poche arrière et mesura devant sa sœur la distance entre l'œil de la statuette et le bord de chaque photo.

— Si le problème était dû au film, la traînée serait la même partout. Et ce n'est pas le cas. Elle part bien de l'œil de la statuette mais, ensuite, elle change de forme.

— Le film ne pourrait-il pas être abîmé à des endroits différents ? fit remarquer Phoebe.

— C'est possible, en effet, mais il est tout de même étonnant qu'il n'y ait un défaut que sur ces quatre photos. J'ai vérifié toute la série. Il n'y a rien sur les autres clichés. (Elle soupira.) Conclusion : cette traînée correspond à l'esprit d'Athulak, libéré de la pierre.

— Waouh ! tu ne peux pas savoir comme ça me soulage !

— Hé, du calme, les filles ! s'exclama soudain Piper. Un esprit ancien qui génère des catastrophes, je ne vois pas ce qu'il y a de réjouissant.

— C'est vrai, reconnut Prue en grimaçant.

— Je sais au moins contre qui me battre pour arrêter d'avoir des visions toutes les trente secondes. Son sortilège doit être réversible.

— C'est possible, reprit Piper, mais on ne sait rien de lui, ni comment il opère. On n'est même pas certaines que ce soit bien lui.

— Tu as raison, concéda Prue. Je me suis peut-être laissée emporter, mais c'est pour l'instant notre seule piste.

— Reprenons tout depuis le début, proposa Piper, et on verra si cette théorie est valable ou pas.

Prue tira une chaise et s'assit pour mieux réfléchir.

— J'essaie de me souvenir des paroles exactes du professeur Rubin... Il a dit que la sorcière a enterré la pierre spirituelle pour que... Voyons... pour qu'aucune prière ne puisse le délivrer.

Elle s'arrêta un instant, perplexe.

— Ça n'a aucun rapport avec moi, reprit Phoebe en se balançant.

— Non, il a simplement dit qu'il aurait *souhaité* ne pas avoir Noël Jefferson pour adversaire.

— Émettre un souhait, c'est un peu comme adresser une prière, intervint Phoebe sur un ton triomphal. C'est ce qui a dû déclencher la libération d'Athulak.

— Je suis certaine que c'était pile au moment où je prenais ces clichés... J'en mettrais ma main au feu !

Piper haussa les épaules, toujours pas convaincue.

— Bon, le souhait de Phoebe s'est exaucé : ses visions sont beaucoup plus précises ; mais cela n'a peut-être rien à voir avec une intervention démoniaque ! Nos pouvoirs s'affinent à mesure que nous apprenons à maîtriser la magie, il n'y a pas de quoi s'inquiéter.

— Et ces souffles d'air glacé, qu'est-ce que tu en fais ? lui rappela Phoebe. Comment est-ce que tu expliques ça ?

— En plein mois d'août, renchérit Prue, alors qu'il n'y a pas un brin de vent.

— On l'a toutes les trois ressenti, et ce, à plusieurs endroits différents, ajouta Phoebe.

— C'est vrai... J'avais oublié ce détail bizarre. La première fois que je l'ai senti, c'était pendant notre pique-nique au parc.

— Quand le poney est devenu fou furieux ? demanda Prue.

— Oh, mon Dieu ! murmura Phoebe en se tapant le front. Je me souviens maintenant, c'était juste après que la petite fille nous a eu confié qu'elle avait toujours rêvé d'avoir un poney...

— C'est là qu'intervient Athulak ! s'exclama Prue. Mais que faisait-il dans le parc ?

— Et surtout dans notre salon ? ajouta Piper.

— C'est encore ma faute... soupira Phoebe d'un air piteux. C'est moi qui ai commencé par souhaiter des visions plus précises.

— Non, c'est sans doute la mienne, objecta Prue. Je... j'ai utilisé mes pouvoirs pour empêcher la pierre de tomber quand Tremaine l'a remise sur son socle.

— Ce démon a dû sentir ta magie, raisonna Piper. Il t'a ensuite suivie afin de vérifier que tu n'allais pas utiliser tes pouvoirs pour l'enfermer de nouveau dans la pierre…

— Tout s'explique, constata Prue en se levant pour se servir un verre de jus d'orange. Sauf que, maintenant, je n'ai pas la moindre idée de ce qu'on peut faire.

— Moi non plus, enchaîna Phoebe. Heureusement que Tremaine n'a pas souhaité la paix et la prospérité dans le monde !

— Si on n'a pour l'instant aucune raison de craindre le chaos généralisé, je crois en revanche que Noël Jefferson doit s'attendre aux pires ennuis !

Athulak détestait l'humanité et semait l'effroi dans le cœur des hommes pour l'avoir banni de la surface de la terre durant ces longs millénaires. Les générations successives s'étaient transmises le récit de sa défaite et s'étaient enorgueillies de l'avoir figé dans la pierre…

Maudits soient-ils ! Maudites soient la sorcière qui l'avait vaincu et toutes celles qui l'avaient suivie ! L'heure de sa vengeance venait de sonner et il s'était promis d'anéantir ces trois femmes qui menaçaient sa liberté nouvelle.

Elles connaissaient maintenant son nom et ses pouvoirs. Il sentait une aura de puissance incroyable qui liait ces créatures pourtant si frêles, si douces.

Cette fois-ci, il ne se laisserait pas vaincre. Il les détruirait avant qu'elles ne le détruisent. Deux d'entre elles traversaient la ville au volant de leur voiture. Il les suivait pour voir ce qu'elles avaient l'intention de faire. Lorsque le véhicule s'arrêta devant un grand bâtiment, Athulak attendit qu'elles en sortent. Puis il se concentra pour se matérialiser en une lame tranchante. Il s'attaqua alors à un poteau métallique qui s'élevait du sol et le coupa en deux.

— Tu as vu ça ? demanda Phoebe en s'arrêtant net.

Un poteau électrique venait de s'abattre au beau milieu du parking du palais de justice. Il n'y avait qu'une seule explication plausible : leur démon ne se satisfaisait plus de manifester sa présence par des baisers glacés.

— C'est Athulak, n'est-ce pas ?

— Il y a de grandes chances, oui, murmura Prue, le cœur battant.

Concentrant son énergie, elle leva les mains et traça un cercle au-dessus de leur tête pour créer un bouclier invisible.

— Ne restons pas là, dit-elle à sa sœur avant de l'entraîner vers l'entrée du bâtiment.

Elles s'engouffrèrent dans le hall de réception, et poursuivirent leur course effrénée jusque dans les toilettes.

— Par ici ! lança Prue en grimpant sur le lavabo pour boucher le trou de ventilation.

— Mais, qu'est-ce que tu fabriques ?

— Je l'empêche de passer. Il faut boucher toutes les entrées d'air.

— Pourquoi ne nous a-t-il pas attaquées plus tôt ?

— Peut-être parce qu'on n'en savait pas assez sur lui pour représenter une menace.

— Il est beaucoup plus dangereux qu'on ne le croyait…

Elle jeta un regard apeuré autour d'elle.

— On ne peut tout de même pas rester ici éternellement !

— Je vais appeler Piper. Il nous faut un charme magique pour nous protéger de lui.

Elle sortit son téléphone portable et composa le numéro de la maison. Elle expliqua rapidement à Piper leur nouveau problème.

— Il nous faut un charme, Piper, un sortilège, quelque chose qui puisse nous protéger contre un esprit du vent !

— Il y a dans le *Livre des Ombres* une formule destinée à éloigner des démons ayant pris une forme élémentaire. Mais il va me falloir un peu de temps pour préparer la potion et vous l'apporter.

— On t'attend.

Prue raccrocha et rassura Phoebe qui, assise à côté du lavabo, fixait avec effroi la porte qui donnait sur le couloir.

Elles étaient venues au palais de justice pour rencontrer Noël Jefferson. Il n'y avait qu'un seul moyen de savoir quel danger il courait : le don de Phoebe. Mais pour cela, elle devait le toucher.

— Il faudrait un sort pour sceller temporairement cette porte, fit remarquer Prue. Tu as quelque chose en tête ?

— Heu… je peux toujours essayer un sortilège de verrouillage. (Elle inspira profondément avant de réciter :) *Que rien ni personne n'entre en ces lieux, que l'accès soit refusé à qui veut y pénétrer.*

Les deux sœurs se consultèrent du regard en croisant les doigts pour que cette magie fonctionne.

Prue lâcha un lourd soupir. Elles avaient affronté de nombreux démons, toutes sortes de sorciers et d'autres entités maléfiques qui, au premier abord, avaient semblé impossibles à vaincre. Elles en étaient toujours sorties victorieuses, mais Athulak semblait insaisissable. Quelle emprise pouvaient-elles espérer avoir sur lui ? Les traditions orales des tribus sud-américaines ne rapportaient pas la façon dont s'y était prise la sorcière pour le neutraliser. Peut-être devraient-elles retourner à la bibliothèque… En auraient-elles seulement le temps ?

Des voix se firent entendre dans le hall et s'approchèrent des toilettes. Prue et Phoebe retenaient leur respiration. Quelqu'un tenta d'ouvrir la porte mais n'y parvint pas.

Ouf! La magie fonctionnait...

— Hé, appela une voix de femme, ouvrez, s'il vous plaît!

— Bien sûr... murmura Phoebe en haussant les épaules. Et puis quoi encore!

Il était déjà plus de cinq heures... Que faisait Piper?

Les bureaux allaient bientôt fermer et la sécurité ne laisserait passer personne après les heures d'ouverture. Sans compter que Noël Jefferson risquait de ne plus être là.

Athulak ne s'était pas attendu à rencontrer une telle résistance en tentant d'accéder au refuge des sorcières. Il s'était heurté de plein fouet à une barrière d'énergie qui l'avait fortement ébranlé.

Puisqu'il ne pouvait les atteindre directement, il décida de s'en prendre à Noël Jefferson lui même. Se glissant dans les conduits d'aération, il parvint jusqu'à son bureau.

Mais il était encore trop affaibli par le sort de protection lancé par Phoebe pour agir tout de suite. Il se replia dans une pièce plus petite et obscure, une sorte de débarras. Là, il attendit que ses pouvoirs lui reviennent.

Athulak observait et attendait. Tremaine avait formulé un souhait mais il ne mesurait sans doute pas les conséquences qu'entraînerait sa rivalité avec ce Jefferson.

CHAPITRE 10

Lorsque Piper frappa enfin à la porte des toilettes, Phoebe sursauta et se heurta la tête contre le miroir derrière elle.

— Alors, on s'endort en plein boulot, les filles ? lança Piper en entrant.

— On n'avait pas de cartes à jouer pour passer le temps, figure-toi…

Incroyable, elle avait réussi à s'endormir alors qu'un démon sévissait dans les parages ! Les charmes prononcés en situation d'urgence ne marchaient pas toujours comme on le voulait. Heureusement que le sort de verrouillage n'avait pas cédé !

— Tu en as mis un temps ! s'exclama Prue. Il est plus de sept heures.

Sa cadette leur tendit à chacune un petit sachet en cuir.

— Le temps de concocter ça ! Et puis, on est vendredi soir, il y avait des embouteillages partout.

— Mieux vaut tard que jamais, grimaça Phoebe. (Elle ouvrit le petit sachet et en huma le contenu.) Hum ! Qu'as-tu mis dedans ?

Il y avait une douce odeur de cannelle qui lui rappelait le jus de pomme de leur grand-mère alors que le dernier charme que Piper avait préparé sentait la bouse de vache séchée !

— C'est vrai, ça sent drôlement bon.

— Tenez-vous bien, j'y ai mis des cœurs de poulets crus, des plumes de faucon, un petit assortiment de champignons, le tout saupoudré d'herbes aromatiques. Puis j'ai laissé réduire ça une bonne heure pour faire évaporer toute l'eau, avant de le réduire en poudre.

Phoebe fit unc mouc dégoûtée tandis que Prue glissait le petit sachet dans la poche arrière de son jean en réprimant un gloussement.

— C'est super, Piper. Merci. Au fait, saurais-tu, à tout hasard, si Noël Jefferson se trouve toujours dans le bâtiment ?

— Je n'en ai aucune idée. Il n'y avait plus personne à la réception et les vigiles ne m'ont laissée passer que grâce au badge que la mairie m'a donné pour la kermesse de demain.

— Dépêchons-nous de nous mettre à sa recherche, suggéra Phoebe en récupérant ses affaires.

Le hall était désert mais toutes les lumières étaient encore allumées. Avec un peu de chance, Jefferson travaillerait tard, ce soir-là. Un rapide coup d'œil sur le plan des bureaux leur indiqua que celui du politicien se trouvait au quatrième étage.

— Mesdames, puis-je vous aider ? leur demanda soudainement une voix masculine.

Un homme à la silhouette imposante s'avançait vers elles.

— Oh, oui, monsieur ! Nous cherchons le bureau de Noël Jefferson, répondit Prue. Je suis journaliste (Elle lui tendit sa carte de presse.) Nous devons lui parler de toute urgence ! Pouvez-vous nous aider ?

Il la dévisagea longuement d'un air soupçonneux.

— Aviez-vous rendez-vous ?

Son regard passa de l'une à l'autre.

— Bien sûr, mentit Prue avec aplomb.

— Je suis désolé, mais ce ne sera pas possible.

Piper se demandait s'il ne valait pas mieux qu'elle le fige tout simplement, le temps de grimper jusqu'au quatrième.

— Je regrette, mais M. Jefferson est parti pour son quartier général il y a une demi-heure, reprit le vigile en fronçant les sourcils.

— Bien, nous allons l'y rejoindre, intervint Phoebe, comme si de rien n'était. Connaissez-vous l'adresse de son QG ?

— Je ne sais pas ce que vous faites là mesdames, mais le bâtiment est fermé au public. Veuillez me suivre vers la sortie, s'il vous plaît.

— Bien sûr, s'empressa d'acquiescer Prue.

Les trois jeune femmes obtempérèrent sagement.

Une fois dehors, elles regagnèrent leur voiture sur le parking. Phoebe jetait des coups d'œil anxieux aux alentours, comme si elle s'attendait à voir Athulak surgir de nulle part. Elle tira le sachet de poudre et le tint serré contre son cœur en espérant que le charme tiendrait le démon à distance.

Piper s'arrêta devant son véhicule, et sembla hésiter un instant.

— Ma présence est-elle indispensable ? Il me reste des milliards de détails à vérifier pour demain…

Prue consulta Phoebe du regard.

— Je ne pense pas, répondit cette dernière. Il faut juste que j'entre en contact avec Jefferson pour qu'il nous apprenne ce qu'on a besoin de savoir.

— Et si vous ne le trouvez pas ?

— On pourra toujours demander à Darryl de nous le dénicher, déclara Prue.

Darryl faisait partie de la police locale et avait accès à des tas de renseignements utiles. De plus, il était dans le secret de leur véritable nature, ce qui facilitait incroyablement les choses !

— Bon, puisque vous n'avez pas vraiment besoin de moi, je vais faire un saut au *P3*. Mais appelez-moi si vous avez le moindre problème.

Phoebe regardait les rues défiler à travers la vitre de la voiture. Les grandes artères étaient encombrées et les terrasses des restaurants se remplissaient peu à peu. Il était maintenant près de huit heures du soir et le soleil disparaissait derrière les buildings du centre-ville.

Comme elle enviait l'insouciance tranquille des promeneurs ! Elle aussi aurait voulu commencer le week-end par un bon dîner au restaurant entre amis…

L'image de Rick lui vint alors à l'esprit. Elle se demandait s'il était aussi intelligent que beau, et aussi gentil qu'il le paraissait. En d'autres circonstances, peut-être aurait-elle osé demander à Piper son numéro de téléphone… Mais au lieu d'une soirée romantique, elle courait sauver Jefferson des griffes d'Athulak. Quelle vie !

Elle se consola en se rappelant que le beau jeune homme serait à la kermesse le lendemain matin. Tout n'était pas perdu.

— Je crois qu'on y est, annonça Prue alors qu'elles arrivaient devant un bâtiment moderne. Derrière les grandes baies vitrées, des personnes allaient et venaient.

Phoebe fut saisie d'une soudaine bouffée d'angoisse. Elle n'avait pas envisagé l'éventualité d'avoir à braver une foule avant d'arriver à approcher l'homme qu'elles cherchaient.

— Prête? lui demanda sa sœur en coupant le moteur.

— Oui, mais… Tout ces gens…

— Ne t'inquiète pas, je vais passer devant et ouvrir le chemin. Reste bien derrière moi.

Elles pénétrèrent dans les bureaux où les partisans du candidat s'affairaient au milieu des cartons d'affiches et de prospectus. Les pièces étaient décorées de macarons et de rubans bleus, blancs et rouges, et les murs recouverts de posters montrant un Jefferson au sourire éclatant.

Personne ne sembla remarquer l'arrivée des deux jeunes femmes.

Phoebe marchait dans le sillage de sa sœur, les bras croisés pour éviter tout contact avec les gens autour d'elle.

— Je ne vois Jefferson nulle part, murmura Prue après avoir soigneusement balayé la salle du regard. Allons demander au type là-bas, derrière le bureau. Peut-être pourra-t-il nous renseigner.

— Je te suis.

Mais l'homme, pendu à son téléphone, ne leur prêta absolument aucune attention. Profitant de son inattention et de l'effervescence générale, Prue passa discrètement dans le corridor derrière lui et fit signe à Phoebe de la rejoindre.

— Tu as vu le plan? lui souffla-t-elle alors. On a

de la chance, le bureau de Jefferson se trouve tout au bout du couloir.

— Allons-y.

— Attends. Regarde qui arrive…

Deux vigiles, talkie-walkie à la main, s'approchaient lentement d'elles.

— Heu… Qu'est-ce qu'on fait ?

— Je pourrais les assommer, mais je ne suis pas sûre que ce soit la meilleure solution. Comment être crédibles auprès de Jefferson si on dégomme ses gardes du corps ?

— Bon, laisse-moi faire, j'ai une idée.

Le cœur battant, Phoebe s'avança vers les deux escogriffes.

— Bonjour ! lança-t-elle sur un ton enjoué. Qu'est-ce qui se passe ?

— C'est précisément ce que j'allais vous demander, lui répondit le plus grand des deux.

Le visage anguleux et la moustache en broussaille, il était bâti comme un pilier de rugby.

— Vous n'avez rien à faire ici, déclara son acolyte.

Il était beaucoup moins impressionnant, mais la dureté de son regard bleu acier n'incitait guère à la confiance.

— Nous devons nous entretenir avec M. Jefferson de toute urgence, intervint Prue. C'est très important. Cela ne prendra d'ailleurs que quelques minutes.

— Il n'en est pas question.

— M. Jefferson est en conférence avec son directeur de campagne, expliqua son collègue sur un ton plus doux, et il ne veut pas être dérangé. Prenez rendez-vous avec son assistant.

— Je comprends, soupira-t-elle. Vous ne faites que respecter les ordres.

Puis, s'approchant tout près de lui, elle lui envoya un regard velouté et esquissa un sourire charmeur.

— Êtes-vous les gardes du corps personnels de M. Jefferson ?

Qu'est-ce qu'elle mijote ? se demanda Phoebe, à la fois inquiète et amusée. *Ce type-là n'est pas du tout son genre…*

— Nous sommes à ses côtés vingt-quatre heures sur vingt-quatre.

— Même le week-end ?

Loin de mordre à l'hameçon, les deux hommes échangèrent un regard entendu.

Prue lança un regard appuyé à sa sœur puis tendit la main à l'un des deux hommes.

— Eh bien, ravie d'avoir fait votre connaissance. N'est-ce pas, Phoebe ?

— Euh… ah, oui, dit-elle en comprenant tout d'un coup où Prue voulait en venir.

Mais oui, bien sûr ! S'ils ne quittent pas Jefferson d'une semelle, ils seront forcément témoins de ce qu'il lui arrivera…

— Oui, enchantée, messieurs.

Le cœur battant, elle tendit la main.

Contre toute attente, rien ne se passa.

L'avenir proche de cette armoire à glace ne recelait aucune trace de danger ou de violence.

Elle se tourna alors vers l'autre homme.

Rien. Pas même un frémissement.

— Bon, eh bien je crois qu'on va s'en aller, déclara-t-elle alors en prenant sa sœur par le bras. Et encore désolée de vous avoir dérangés.

— N'essayez pas de revenir par les fenêtres, leur lança l'un d'eux. Nous ouvrons l'œil.

— Quelle idée saugrenue ! répliqua Prue d'un air candide.

Puis elles tournèrent les talons et s'en s'allèrent sous le regard vigilant des deux hommes.

— Alors, tu n'as rien vu de particulier ? demanda Prue en mettant le moteur en marche.

— Non. Absolument rien. Pas même une rage de dent !

— Se serait-on trompées ?

— En tout cas, il y a bien un démon à nos trousses. Le poteau électrique ne s'est pas scié en deux tout seul !

— Les élections n'auront pas lieu avant plusieurs semaines. J'imagine que ce qui doit arriver ne surviendra pas avant un bout de temps.

— Athulak a exaucé mon souhait et celui de la petite fille sans attendre. Et, là, ça fait deux jours que Tremaine a formulé le sien…

— Un souhait aux conséquences cataclysmiques doit peut-être prendre plus de temps pour se réaliser.

Quelque chose clochait, mais elles n'arrivaient pas à voir quoi. Il manquait une pièce au puzzle. Restait à savoir laquelle.

— Bon, on est dans une impasse. Autant rentrer à la maison, suggéra Phoebe. La journée promet d'être longue demain. Nous aurons les idées plus claires après une bonne nuit de sommeil. Et puis, on aura l'occasion de croiser Jefferson sur le stand de Piper. Un contact direct avec lui sera plus éclairant.

— Tu as raison. Il est encore tôt, mais je suis épuisée.

CHAPITRE 11

Piper sortit une fournée de muffins dorés et les posa sur la cuisinière. Une délicieuse odeur flottait dans toute la maison. Elle s'était levée de bonne heure pour préparer une surprise à ses sœurs. Elles auraient besoin d'un bon petit déjeuner avant de démarrer la journée.

La kermesse avait pour objet d'attirer toutes sortes de personnalités et les journalistes seraient nombreux. La ville était en effervescence.

Léo lui-même serait peut-être là ! Cela faisait maintenant plus de trois semaines qu'elle ne l'avait vu… Comme il lui manquait !

Elle était en train de mettre les couverts quand Phoebe entra dans la cuisine en bâillant et en se frottant les yeux.

— Salut ! lança joyeusement Piper. Le café est prêt et je vous ai fait des muffins à la myrtille.

Sa jeune sœur, encore à moitié endormie, hocha la tête et se servit un grand bol de café au lait.

Oh, oh, j'en connais une qui n'a pas bien dormi... songea Piper devant l'humeur maussade de Phoebe.

Cette dernière s'attabla sans prononcer un mot avant de se plonger dans la lecture du journal du matin.

Piper posa une assiette de muffins sur la table en espérant l'amadouer.

Qu'est-ce qu'elle a, ce matin ?

Piper était rentrée tard la veille et, à son retour, Phoebe dormait déjà. C'était Prue qui lui avait rapporté leur mésaventure au QG de Jefferson. Il ne s'était pourtant rien passé de dramatique.

— Est-ce que Prue est levée ? hasarda-t-elle dans l'espoir d'attirer son attention.

Pas de réponse.

Charmant...

— T'ai-je dit que j'allais quitter la ville pour m'installer au pôle Nord ?

— Hum... marmonna Phoebe sans même lever les yeux.

— Bonjour, les filles ! lança Prue en entrant dans la cuisine. Quand je pense que le soleil n'est même pas encore levé... Je retournerais bien au lit !

Le sourire aux lèvres, elle était prête pour la grande journée. Contrairement à Phoebe, elle était déjà habillée et maquillée. Elle avait opté pour une tenue chic et décontractée : un T-shirt sans manches bleu pâle, un pantalon de crêpe noir et des sandales à talons.

— Le café est tout chaud, lui annonça Piper avant de lui en verser une tasse. Je te ressers, Phoebe ?

— Oui, s'il te plaît.

Elle avança son bol, jeta par terre la première page du journal et se replongea dans la suite. Piper la fixa longuement, les mains sur la hanches.

— Bon, maintenant, ça suffit. Tu n'as pas décroché un mot depuis tout à l'heure et tu n'écoutes même pas ce que je te raconte.

— Bien sûr que si ! Tu m'as demandé si je désirais encore du café.

Piper poussa un soupir d'exaspération.

Prue se posta à ses côtés et toutes deux fixèrent Phoebe, la forçant à réagir.

— Pourquoi me regardez-vous comme ça ? C'est quoi le problème ?

— À toi de nous le dire.

— Oui, on t'écoute.

— Et d'abord, pourquoi est-ce que tu n'es pas encore habillée ? reprit Piper. Je me suis arrangée pour qu'on ait du temps avant d'aller sur le stand, et toi, tu n'es pas encore prête.

— Je... je ne peux pas venir. Il y aura trop de gens...

L'agacement de Piper et de Prue laissa place à la tristesse. Phoebe semblait sur le point de fondre en larmes. La pauvre était complètement désemparée.

— Tes visions te font autant de mal que ça? s'inquiéta Piper.

— Oui... Je crois que je n'aurais pas la force d'affronter tout ce monde.

— Tu avais pourtant l'air d'aller mieux, hier soir, lui dit Prue.

— Oui et non, en fait.

Après avoir avalé une longue gorgée de café, elle se massa le front.

— L'autre jour, quand la caissière s'est coupé le doigt, ma vision était comme... comme un souffle, mais le contrecoup a été très éprouvant. Plus l'incident est violent, plus la douleur est forte. J'ai tout le temps mal à la tête. J'ai l'estomac noué en permanence et... Je n'y arrive plus, tout simplement.

Prue fit le tour de la table et prit sa petite sœur dans ses bras.

Quant à Piper, elle s'en voulait terriblement de lui avoir fait des reproches et détourna le regard. Elle vit alors la feuille du journal par terre et la ramassa.

— Qu'est-ce que tu cherchais? lui demanda-t-elle doucement.

Phoebe se prit la tête entre les mains et soupira :

— Un article sur la disparition éventuelle de Noël Jefferson.

— Quoi ? s'étrangla Prue. Mais, je croyais…

— Je n'ai eu aucune vision depuis hier soir, mais j'ai bien réfléchi. Les deux gardes du corps nous ont affirmé qu'ils ne quittaient pas Jefferson d'une semelle. Or, pendant qu'ils nous parlaient, Jefferson était bien seul dans son bureau !

Prue blêmit brusquement.

— Et… tu crois qu'Athulak en aurait profité pour s'attaquer à lui ?

— Peut-être. Selon le schéma habituel de ses interventions, il faut qu'on puisse croire à un accident, comme ce fut le cas avec le poney ou avec les agresseurs de Rick. Sans témoin, la tâche lui est d'autant plus facilitée !

— Je vais appeler Darryl pour voir s'il n'est rien arrivé à Jefferson.

— Inutile, reprit Phoebe en s'essuyant une larme au coin de l'œil. Il n'y a rien dans le journal, et j'ai regardé les infos à la télé en me levant. On aurait dû insister hier soir pour le voir…

— Tu n'as pas à t'en vouloir, Phoebe, lui dit Piper. Vous avez tout fait pour entrer en contact avec lui et cela n'a pas été possible. Vous n'alliez tout de même pas forcer le passage !

— Quel est l'intérêt de voir dans l'avenir si je n'ai aucun moyen d'empêcher le pire d'arriver ?

— Oh, mon Dieu ! s'écria tout à coup Prue en bondissant de sa chaise. Je sais comment détruire Athulak !

Ses sœurs se figèrent, les yeux écarquillés.

— Ce démon a été rappelé à la vie par le souhait de Tremaine. Je me demande si son existence n'est pas dépendante de la réalisation de ce souhait...

Piper fit une moue perplexe.

— Excuse-moi, mais je ne vois pas où tu veux en venir.

— C'est juste une hypothèse, ne nous emballons pas. Ce que je voulais dire, c'est que ce démon existe en se nourrissant des souhaits et des prières des hommes, qu'il détourne et transforme en catastrophes. Imaginons que le souhait de Tremaine ne puisse pas se réaliser. Comme c'est ce qui l'a délivré de la pierre spirituelle, peut-être que...

— Mais oui ! la coupa Phoebe en se tapant le front. S'il n'arrive pas à exaucer le souhait de Tremaine, il est cuit. Enfin, façon de parler.

— J'adore cette théorie, remarqua Piper, mais on n'est sûres de rien.

Prue se resservit une tasse de café et mordit à belles dents dans un muffin.

— On peut toujours essayer. Comme ça on ferait

d'une pierre deux coups : on sauve Jefferson et on se débarrasse d'Athulak.

Phoebe cessa de manger pour regarder ses deux sœurs.

— Encore faut-il mettre la main sur Jefferson...

— Il doit prononcer un discours à la kermesse, ce matin. Vers onze heures, je crois, leur apprit Piper.

— Je file m'habiller, déclara Phoebe avant de se ruer dans l'escalier.

— Eh bien, les filles, on n'a plus de temps à perdre, annonça Piper en débarrassant la table.

Prue sortit de la poche de son pantalon le petit sachet en cuir que lui avait donné sa sœur la veille.

— Tu crois que ton charme est encore efficace aujourd'hui ?

— Le *Livre des Ombres* dit que ses effets protecteurs agissent une semaine entière. Mais rien ne nous assure qu'il marche contre ce démon.

— Pour l'instant, aucun autre poteau électrique ne nous est tombé sur la tête. Bien sûr, on ne sait pas s'il a essayé de nous attaquer ou pas, mais je préfère penser qu'il en a été empêché.

CHAPITRE 12

Il n'était encore que huit heures du matin lorsque Prue se gara sur le parking, mais une activité intense régnait déjà dans le parc d'attractions. La kermesse ouvrirait ses portes au public une heure plus tard.

— Piper, où est ton stand ? demanda-t-elle en descendant de voiture.

— Près de la zone de pique-nique, à côté du pavillon principal, mais avec tout ce monde, j'ai du mal à me repérer.

Phoebe sortit à son tour et s'adossa contre la portière, les bras croisés. Elle semblait aux aguets et regardait les gens avec appréhension.

— J'espère que Jimmy et toute l'équipe arriveront à temps pour prendre nos livraisons, déclara Piper sur un ton nerveux.

— Je me demande si Rick est là, intervint Prue pour détendre l'atmosphère.

— Je vais voir. Je vous retrouve ici tout à l'heure, dès que j'aurai vérifié que tout se passe bien.

Saisissant son sac, elle partit en direction de son stand.

Prue se tourna vers Phoebe, mais vit que sa petite allusion à Rick n'avait produit aucun effet. Le regard sombre de sa sœur s'attardait sur le parc d'attractions qui les entourait.

— À quoi penses-tu ?

— C'est la première fois que je viens ici pendant les heures de fermeture, répondit Phoebe en frissonnant. Je me souviens des après-midi entières passées ici avec grand-mère. C'était le bon vieux temps...

— Tu as des pensées bien mélancoliques, ce matin ! Où est passé la fille la plus romantique du monde que je connaissais ? Et moi qui croyais que tu trouvais Rick mignon comme tout.

— Tu as raison, dit Phoebe en se redressant. Cela ne sert à rien de se lamenter. Viens, on va donner un coup de main à Piper. Je crois qu'elle en a bien besoin.

— Ah, je te préfère comme ça ! On pourrait aussi jeter un œil à la scène où les deux candidats vont faire leur discours. Qu'en penses-tu ?

Comme sa sœur hésitait, Prue ajouta :

— Je comprendrai parfaitement si tu choisis d'aller retrouver Rick.

La seule mention de ce prénom illumina un instant le visage de Phoebe qui, néanmoins, répliqua :

— Non, le travail d'abord. Le plaisir ensuite.

— Alors, c'est parti !

Elles se dirigèrent vers le grand pavillon en bois, auprès duquel on avait dressé une tente rayée de bleu et de blanc. Des hommes étaient en train de tirer d'énormes câbles pour la sono et d'installer des chaises pour le public. Des musiciens locaux, des chorales des écoles voisines allaient partager le programme avec les politiciens.

Plus loin, à l'extrémité du parc, se dressaient les attractions habituelles des foires et des kermesses : montagnes russes, grande roue, auto-tamponneuses et manèges pour enfants.

Phoebe longeait les différents stands collée à son aînée. Comme les allées n'étaient pas encore encombrées de monde, elle finit par se détendre un peu.

— Oh, regarde, s'exclama-t-elle, des poupées de chiffon ! Elles sont jolies, non ?

— Oui, j'adore leurs robes à volants, convint Prue, ravie de constater que sa sœur se laissait enfin distraire par autre chose que ses visions.

Il y avait de tout sur les étals, cela allait des bijoux fantaisie aux jouets de bois, en passant par des livres de recettes étrangères, des jacuzzis ou du matériel de musculation. Le tout, au milieu des stands d'associations éducatives ou caritatives, des commerces tels que le *P3*, ou des sponsors sportifs.

Prue était impressionnée tant par la diversité des activités présentées que par l'ingéniosité et l'enthousiasme des participants.

— Ça sent bon le café, déclara Phoebe en s'arrêtant subitement. Et si on s'arrêtait deux minutes pour en boire un ?

— Bonne idée. Je crois voir une terrasse à côté de la tribune officielle.

C'était en fait un carré réservé aux personnalités et à la presse, fermé par un cordon. Dans le fond, sur une estrade, était dressé un buffet avec des pâtisseries et des boissons chaudes.

— Zut ! lâcha Phoebe en faisant la moue. Il faut faire partie des VIP.

— Et où est le problème ? lança Prue en brandissant fièrement sa carte de presse. Sésame, ouvre-toi !

Elle entraîna sa sœur par le bras, et lui murmura à l'oreille :

— Je viens de t'embaucher comme assistante. Cela tombe bien, non ?

— Le monde est merveilleux !

— C'est bien pour ça qu'on se tue à le sauver !

Avec assurance, elles s'avancèrent vers une des tables.

Une jolie jeune femme se précipita aussitôt à leur rencontre.

— Vous ne pouvez pas…

Prue s'arrêta, et la dévisagea avec un air étonné.

— Oui ?

— Euh… Cet endroit est fermé au public.

Louise, d'après le nom inscrit sur son badge, semblait sincèrement ennuyée en lui indiquant la pancarte au-dessus d'elles.

Prue fit un pas en avant et lui présenta sa carte de presse.

— Prue Halliwell, photographe au *415*.

Se tournant vers Phoebe, elle ajouta :

— Et voici mon assistante.

— Oh, dans ce cas… parfait. Installez-vous et servez-vous une petite collation.

— Merci. Accepteriez-vous de poser pour notre magazine ? C'est pour mon article sur les coulisses de la kermesse.

La jeune femme écarquilla les yeux, flattée d'une telle proposition. Elle lissa ses courts cheveux noir en arrière.

— Moi ? Oui, bien sûr.

Elle prit une pose embarrassée.

— Vous êtes superbe, merci, beaucoup.

Prue fit mine de s'éloigner, puis revint vers Louise.

— Savez-vous à quelle heure est le discours de M. Jefferson ? J'ai oublié le programme dans ma voiture.

— À onze heures. Je viens juste d'avoir son assistant en ligne qui m'a confirmé que M. Jefferson arriverait un quart d'heure avant.

— Merci encore pour tout.

Prue se servit un café et rejoignit Phoebe installée à une table du fond.

— Je n'en reviens pas de ton culot !

— Être journaliste dans l'un des magazines les plus branchés de la ville a des avantages ! Si on te demande quelque chose, tu donnes mon nom, celui du magazine, et tu précises que tu es mon assistante. Louise, qui contrôle les entrées, est au courant.

— Bon, et après, qu'est-ce qu'on fait ? Tu as un plan ?

— Maintenant, oui. Tu vas m'attendre sagement ici pendant que je vais voir Piper sur son stand. Cela t'évitera de te mêler à la foule.

Elle but une gorgée de café et se releva.

— Au fait, j'ai une bonne nouvelle : Jefferson est toujours en vie. Louise vient d'avoir son assistant au téléphone. Il sera là comme prévu.

— Moi aussi j'ai une bonne nouvelle, j'ai vu sur la liste des invités que Brad Pitt en fait partie ! C'est génial, non ?

— Brad Pitt ! Beau programme. (Puis, sur un ton plus sérieux :) Je vais te laisser. Comment te sens-tu ? Si tu préfères que je reste avec toi, n'hésite pas à le dire, hein ?

— Ne t'inquiète pas pour moi. (Elle ouvrit largement les bras.) J'ai des boissons et des pâtisseries à volonté, sans compter que je suis aux premières loges pour voir défiler toutes les stars du show-biz et de la politique. Qu'est-ce que je pourrais demander de plus ?

— C'est parfait ! lança Piper en ôtant l'élastique qui lui retenait les cheveux.

Le stand était prêt à accueillir toutes les personnalités de la ville. Rick, Jimmy et deux de ses amis s'étaient occupés de toute l'installation, du buffet à la sono. Jimmy ferait le DJ jusqu'à l'heure du déjeuner, puis les *Hard Crackers* prendraient le relais l'après-midi.

Sandy et Monica, deux serveuses du *P3*, dressaient les tables et les décoraient avec des bouquets de fleurs.

La kermesse promettait d'être un grand succès... à condition qu'Athulak ne s'en mêle pas ! Piper palpa le petit sachet de cuir qu'elle gardait dans la poche de son pantalon pour s'assurer qu'il était toujours là.

— Wouah, c'est magnifique ! s'extasia Prue en la prenant dans ses bras. Bravo !

— Tu ne trouves pas que c'est un peu trop, toutes ces fleurs ?

— Non, c'est parfait. Et puis, j'adore le book que tu as fait avec mes photos.

— Oui, Prue. Merci mille fois, ton travail est superbe. Au fait, où est passé Phoebe ?

— Elle m'attend dans le carré des VIP du pavillon principal. On a appris que Jefferson serait bien là. Il devrait arriver ici vers onze heures moins le quart.

— J'espère qu'Athulak ne va rien faire d'ici là ! Mais comment avez-vous fait pour entrer dans le carré des officiels ?

Prue pouffa de rire et brandit théâtralement sa carte de presse.

— J'ai des pouvoirs magiques... Tu ne le savais pas ?

— Sans blague ! En tout cas, notre petite sœur préférée est sûre de rencontrer plein de célébrités !

— Elle attend de pied ferme la venue de Brad Pitt.

Posant son appareil sur le comptoir, Prue se glissa sur un tabouret. Elle sursauta quand Rick, surgi de nulle part, lui demanda :

— Phoebe connaît Brad Pitt ?

— Figure-toi que je l'ignorais, moi aussi, répondit Piper avant de s'asseoir à côté de sa sœur. (Elle lança un clin d'œil à Prue.) J'espère que tu as pris plusieurs rouleaux de pellicule pour le photographier sous toutes les coutures !

— Tu connais Brad Pitt ? s'enquit Rick, de plus en plus surpris.

— On est très amis, oui, répondit-elle avant d'éclater de rire. Non, je plaisante.

— Mais tu n'as rien à craindre de lui, Rick. Je crois me rappeler que Phoebe lui trouve un air bête !

Après le départ de sa sœur, Phoebe avait passé une heure à lire la suite de son roman, puis une demi-heure à observer les personnalités de la télévision locale ainsi que toute une série d'acteurs de cinéma.

La plupart d'entre eux l'avaient ignorée, les autres s'étaient contentés de lui adresser un signe de tête poli.

Prue n'était toujours pas revenue quand on annonça l'arrivée de Noël Jefferson. Phoebe se redressa pour le voir apparaître à l'entrée de la tente. Grand et blond, le sourire un peu enfantin, il semblait parfaitement à l'aise et heureux d'être là. Parmi son entourage, Phoebe reconnut quelques personnes aperçues la veille à son quartier général, ainsi que ses deux gardes du corps.

Lorsque les gens s'écartèrent un peu pour lui permettre d'avancer, elle aperçut à ses côtés une jolie jeune femme blonde qui donnait la main à un petit garçon d'une dizaine d'années, au visage constellé de taches de rousseur. Elle ne savait pas qu'il était marié et qu'il avait un enfant!

Jefferson allait commencer son discours dans cinq minutes. Il serait aisé de le toucher car un candidat au Congrès se devait de serrer la main à ses concitoyens. Malheureusement, il était toujours entouré d'un tas de gens et Phoebe ne devait pas prendre le risque d'avoir une vision concernant quelqu'un d'autre que lui.

Les bras croisés sur la poitrine, elle se faufila entre les tables et s'arrêta près du podium.

Soudain elle vit apparaître, juste derrière le politicien, Prue et Piper qui lui faisaient de grands signes. Un rapide regard autour d'elle lui confirma que les pouvoirs de Piper ne lui permettraient pas de figer toute l'assistance. Elle ne pouvait faire autrement que d'aller à sa rencontre.

— Je voudrais un beignet, dit le petit garçon en tirant sur la manche de sa mère.

— Oui, bientôt, Paul.

Mieux valait passer par-derrière et rejoindre ses sœurs. Elle s'en servirait comme bouclier pour approcher Jefferson.

Phoebe arriva juste au moment où les deux gardes du corps refermaient le cercle derrière lui. Comme il s'apprêtait à grimper les marches de l'estrade, elle bondit en avant.

Paul s'arracha subitement à l'étreinte de sa mère et fit volte-face pour aller vers le buffet. Il fonça droit sur Phoebe.

Au contact du petit garçon, elle fut saisie d'un violent spasme qui la plia en deux.

… il est sur un manège… il a peur… il hurle… son père glisse et tombe dans le vide… oh mon Dieu… ils sont sur la grande roue…

CHAPITRE 13

Prue ne comprenait pas comment les choses avaient pu arriver si vite.

— Paul ! s'écria sa mère en essayant de le rattraper.

Noël Jefferson jeta un regard par-dessus son épaule.

— Que se passe-t-il ?

— Rien d'inquiétant, monsieur, lui répondit l'un de ses gardes du corps en le poussant doucement à gravir les marches de l'estrade.

— Je ne voulais pas… pleurnichait le gamin. Mais tu m'avais dit que je pourrais avoir un beignet…

— Ce n'est rien, Paul. Je vais demander à quelqu'un d'aller t'en chercher un, d'accord ? déclara sa mère.

Puis elle se pencha sur Phoebe, qui, roulée en boule, se tordait de douleur.

— Vous allez bien, mademoiselle ?

Prue s'interposa entre elles pour éviter tout autre contact à sa cadette.

— C'est ma sœur. Je m'en occupe. C'est juste un petit malaise.

Saisissant Phoebe par les épaules, elle s'agenouilla à ses côtés et la cala contre elle. Un petit groupe de curieux s'était formé autour d'eux, indifférent aux paroles que prononçait Noël Jefferson.

— Mais elle a l'air de beaucoup souffrir ! observa la jeune femme, consternée. Je ne comprends pas… Comment Paul a-t-il pu lui faire cela ?

— Ce n'est pas sa faute, la rassura Prue en souriant. C'est elle… elle ne va pas très bien, depuis un moment.

À quelques pas de là, Piper était en train de discuter avec la sécurité.

— Je vous assure que ce n'est pas la peine d'appeler une ambulance. Elle sera sur pied dans cinq minutes. Vraiment.

Déjà, cet incident avait attiré trop de gens autour d'elles.

Phoebe semblait reprendre ses esprits. Elle se redressa lentement et s'assit en s'appuyant sur Prue. Elle avait encore la respiration difficile et les membres engourdis.

Piper vint les rejoindre et l'aida à se mettre debout.

— Comment te sens-tu ? Crois-tu pouvoir marcher ?

— Oui, je… cela me fera du bien.

Les gens les laissèrent passer en leur jetant des regards furtifs, mais reportèrent aussitôt leur attention sur l'estrade où Jefferson faisait son discours.

La voix du politicien avait quelque chose de magnétique. Prue ne put s'empêcher de tendre l'oreille tout en se dirigeant vers la sortie. Il fallait développer les sources d'énergie alternées et préserver l'environnement pour les générations futures, affirmait-il avec ferveur. La bataille qu'il promettait de mener contre les industries polluantes et la création de centres de retraitement des déchets ne fit que renforcer la résolution de la jeune femme à le sauver des griffes d'Athulak.

À condition qu'elles découvrent ce qui le menaçait avant qu'il ne soit trop tard, songea-t-elle non sans appréhension.

Une fois qu'elles se furent éloignées, elles s'arrêtèrent sous un grand arbre.

— Comment vas-tu, Phoebe ?

— Le… petit garçon, souffla-t-elle en se laissant mollement tomber sur l'herbe, où est-il ?

— Avec sa mère. Il va bien.

Soulagée, elle s'appuya contre le tronc et ferma les yeux quelques secondes.

— Bon, alors on a un peu de temps.

— Avant quoi ? interrogea Piper.

— Paul court-il un danger, Phoebe ? lui demanda Prue.

— Non, enfin, je ne crois pas. J'ai vu Jefferson tomber de la grande roue sous les yeux paniqués de son fils.

Piper laissa échapper un profond soupir.

Prue ferma les yeux et se massa les tempes.

Elles avaient enfin l'information tant attendue à propos de Noël Jefferson. Mais la participation du petit garçon était un choc pour elles. Jouait-il un rôle clé dans les événements dramatiques qui devaient arriver ? Sans compter le traumatisme psychologique engendré par le fait d'assister à la mort de son père…

Quant à Tremaine, s'il gagnait les élections, qui sait ce que ses prochains souhaits pourraient engendrer ?

— Bon, il ne faut pas quitter le petit garçon et son père des yeux et les empêcher de monter sur la grande roue, dit Prue en jetant un coup d'œil vers la foule.

— Je crois que je peux marcher maintenant, déclara Phoebe en se relevant. Je n'irai pas bien vite, alors autant y aller tout de suite.

— On ne sera pas trop de trois, renchérit Piper. Jimmy, Rick et les filles ont la situation en main au stand. Ils peuvent se passer de moi.

— Attention, Athulak, les Charmed sont sur le pied de guerre ! lança Prue.

— Est-ce qu'on va attendre longtemps ? demanda Piper en se glissant derrière la table de pique-nique où ses deux sœurs venaient de s'installer.

— Sans doute pas, la rassura Prue. Cela m'étonnerait que Paul accepte de rester ici après le discours de son père.

Phoebe observait distraitement le parc où les familles se promenaient, puis son regard glissa du côté du parking où un groupe de journalistes étaient en train de suivre… Stephen Tremaine. Ce dernier se dirigeait droit sur le pavillon principal où il devait, à son tour, s'adresser au public.

Elle prévint Prue d'un léger coup de coude.

— Regarde qui vient là !

Le politicien et son équipe arrivèrent bientôt à proximité. Apercevant Prue parmi les invités, Tremaine ne manqua pas de lui faire un signe de la main.

— Mademoiselle Halliwell !

Les deux candidats se ressemblaient aussi peu que leur programme politique. Si Jefferson avait opté pour une tenue décontractée, son adversaire portait un austère costume trois pièces et une cravate sombre.

— Monsieur Tremaine. Quelle surprise !

— Je suis sincèrement ravi de vous revoir. La rédaction m'a fait parvenir les épreuves des photos que vous avez prises, l'autre jour, dans ma bibliothèque. Je tiens à vous dire à quel point je suis satisfait du résultat. Vous avez fait un excellent travail.

— Merci, répondit-elle poliment sans l'inviter néanmoins à prolonger la conversation.

Pas le temps de bavarder, songea Piper en voyant Noël Jefferson saluer l'auditoire et descendre de l'estrade.

Déjà son entourage se rassemblait autour de lui et de sa famille.

Tremaine, cependant, ne semblait pas pressé de s'en aller. Comme il tendait la main à Piper pour la saluer, son épaule heurta par mégarde celle de Phoebe. Aussitôt secouée par une puissante secousse, la jeune femme fut en proie à une nouvelle vision dont la violence la fit s'effondrer au sol.

— Qu'est-ce que… ? lâcha Tremaine avec un mouvement de recul. Faut-il appeler un médecin ?

— Non, non, c'est juste un petit malaise, lui expliqua hâtivement Prue. Il n'y a pas à s'inquiéter. Mais il vaudrait mieux vous éloigner, pour la laisser respirer. Écartez-vous tous, s'il vous plaît.

— Oui, bien sûr.

Il hésita un peu, puis s'écarta en faisant signe à son équipe de le suivre.

Piper souleva doucement la tête de Phoebe, comprenant que leurs problèmes se compliquaient dangereusement. Impuissante, elle regarda Noël Jefferson, sa femme et son fils Paul passer devant leur table, pour se diriger vers les attractions foraines...

Phoebe gémissait de douleur. Les images de désolation se succédaient dans son esprit. San Francisco était en ruine. La ville était méconnaissable : toute végétation était anéantie, les ponts détruits, les immeubles saccagés... Les habitants, les yeux hagards, erraient, tels des zombies, à travers les rues insalubres.

Tout n'était que misère...

— Phoebe ! Phoebe ! entendit-elle appeler.

C'était Prue, sa sœur...

Elle s'accrocha à sa voix, luttant de toutes ses forces contre la tristesse qui l'envahissait et cette douleur sourde dans sa tête...

Les images se dissipèrent peu à peu. Les larmes aux yeux, elle recouvra ses esprits et revint dans le présent.

— Phoebe, lui dit doucement Piper en lui prenant la main, qu'est-ce que tu as vu ? Qu'est-ce qui arrive à Tremaine ?

— Je ne sais pas... Mais la ville, ou peut-être même l'humanité, court à sa perte. Tout était en ruine... On aurait dit la fin du monde.

— Comment ça ? s'étrangla Prue.

— Je n'ai pas vu comment c'est arrivé, mais il faut absolument empêcher Tremaine d'être élu… Vite ! Où est Jefferson ?

Prue et Piper se tournèrent vers le politicien et son groupe qui s'éloignaient au milieu de la foule pour se diriger vers les manèges pour enfants.

— Allez-y ! leur ordonna Phoebe. Je suis encore trop faible pour me déplacer, mais tout va bien maintenant. Dépêchez-vous !

Elle se releva péniblement et se rassit tandis que ses sœurs se précipitaient sur les pas de Jefferson.

Elle ne pouvait plus rien faire d'autre. L'avenir du monde reposait à présent sur les épaules de Prue et de Piper.

— Comment un homme à lui seul peut-il causer la fin du monde ? demanda Piper, en pleine course.

Elle venait d'arriver avec Prue à l'entrée de la zone d'attractions où, déjà, s'amassait une foule importante.

— Phoebe ne se trompe jamais, lui rappela Prue qui ne quittait pas Jefferson des yeux.

La mère de Paul et le groupe qui l'accompagnait se mirent à l'écart tandis qu'avec le petit garçon il prenait la file d'attente pour monter dans la grande roue.

— C'est vrai, admit Piper.

Comme elle sortait de sa poche un élastique pour se nouer les cheveux, le sachet en cuir tomba par terre, et elle se baissa pour le ramasser.

Au même instant, Prue entendit un sifflement strident, qui s'intensifia alors que passait au-dessus d'elles un vent glacé.

Athulak ! Trop tard pour l'avertir du danger ! Comme dans un film au ralenti, elle regarda cette dernière saisir la pochette de cuir, le cœur battant.

Le sifflement s'arrêta au moment même où elle touchait le charme de protection. Puis la température revint à la normale. Le démon devait s'être éloigné.

Piper se releva, remit tranquillement le sachet dans sa poche et attacha ses cheveux en queue-de-cheval. Voyant alors que Prue la fixait d'un drôle d'air, elle se figea.

— Quoi ?

— Je viens d'avoir la confirmation que ta poudre est efficace !

— Tu en es sûre ? demanda-t-elle en levant instinctivement la tête vers le ciel.

— Certaine.

— Tant mieux !

Elles n'eurent pas le temps d'en dire plus, car Noël Jefferson et Paul étaient les prochains à monter dans la grande roue.

— On y va, dit Prue. D'une manière ou d'une autre, il faut qu'on le dissuade de faire un tour là-dessus.

Elles arrivèrent à la hauteur du politicien au moment où le forain faisait avancer la nacelle devant lui. Jefferson fit grimper Paul en premier, lui fixa la ceinture autour de la taille avant de monter à son tour.

Comment lui annoncer ce qui était sur le point de se passer? Il les prendrait pour des folles furieuses si elles lui disaient la vérité!

— Attendez!

Au son de sa voix, les gardes du corps de Jefferson firent volte-face et reconnurent Prue. S'interposant aussitôt entre le politicien et les deux jeunes femmes, ils leur bloquèrent le passage.

Prue sentit son estomac se retourner quand elle vit l'opérateur actionner la roue. La nacelle de Jefferson s'éleva lentement au-dessus du sol.

Les deux sœurs Halliwell se consultèrent du regard.

— J'y vais? demanda Piper en s'avançant déjà.

— Il n'y a pas d'autre solution!

Elle figea donc les deux gardes, l'opérateur, les gens situés dans leur entourage immédiat, et la roue elle-même.

Risqué mais absolument nécessaire, songea Prue en grimpant dans la dernière nacelle de libre.

— Mets ta ceinture, lui recommanda Piper tandis qu'elle levait la main pour réveiller tout ce petit monde.

L'opérateur cligna des yeux et referma la barre de sécurité comme si de rien n'était. Mais les deux gardes remarquèrent tout de suite la disparition des deux sœurs et jetèrent des regards affolés autour d'eux, sans rien comprendre.

La roue accomplit plusieurs tours sans que rien ne se passe. Piper et Prue ne quittaient pas des yeux la nacelle de Jefferson et du petit Paul, prêtes à agir dès qu'Athulak se manifesterait.

Quelques instant plus tard, un sifflement strident déchira l'air au-dessus d'elles, avertissant les deux sorcières d'un danger dont elles ignoraient encore comment il allait se matérialiser. Dans sa vision, Phoebe n'avait pas vu ce qui faisait tomber Jefferson, ni même s'il était encore vivant au moment de sa chute.

D'un geste fébrile, Prue extirpa le charme de protection de sa poche et attendit que la nacelle de Jefferson se retrouve juste au-dessous de la leur pour le lâcher. Puis, elle se concentra et fit en sorte que le petit sachet en cuir tombe pile aux pieds du politicien.

Quand la roue entama son sixième tour, la nacelle de Jefferson repassa lentement au-dessus de celle des deux filles.

C'est alors qu'un craquement sinistre se fit entendre. Une des tiges de fer qui maintenaient la cabine à l'armature principale venait de se rompre... celle-ci penchait dangereusement au-dessus du vide.

Instinctivement, Piper leva les deux mains et figea la roue ainsi que les spectateurs, en bas.

Le petit Paul, heureusement retenu par sa ceinture de sécurité, se tenait agrippé à la barre métallique devant lui. Son père, quant à lui, avait commencé à glisser, entraîné par son poids. Sa ceinture était sur le point de céder.

Quand la roue se remettrait en mouvement, il tomberait comme un sac de sable et s'écraserait au sol.

— J'espère que tu sais quoi faire, lança Piper, parce que je ne vais pas tenir longtemps comme ça.

— Compris.

Prue pouvait empêcher la chute de Jefferson grâce à ses pouvoirs, mais il fallait qu'il reste à portée de vue. Malheureusement, sa nacelle atteindrait très vite le sommet et redescendrait de l'autre côté, hors de son champ de vision.

Lorsque Piper défigea le temps, sa sœur maintint le politicien contre toutes les lois de la pesanteur et lui ordonna mentalement de tenir bon. Leur regard se croisa un instant et c'était comme s'ils se connaissaient depuis toujours.

Paul hurlait en voyant son père se balancer dans le vide. Le pauvre petit lui tendait désespérément la main pour le retenir.

Comme elle s'y attendait, Prue les perdit de vue.

Impuissante, elle espérait de tout son cœur qu'il ne lâcherait pas prise.

De longues secondes passèrent avant qu'ils ne soient de nouveau visibles. Jamais le temps ne lui avait semblé aussi long !

Quel ne fut pas son soulagement quand elle aperçut Jefferson fermement cramponné à sa nacelle. Il avait réussi à passer ses jambes autour de la barre de fer qui maintenait son fils en place et semblait tiré d'affaire. La foule s'était amassée sous le manège et assistait à la scène en poussant des cris affolés.

La roue s'arrêta enfin lorsque la nacelle du politicien arriva au niveau du sol. Paul cessa de crier, comme par magie. Les gardes du corps s'empressèrent autour d'eux et les dégagèrent de là.

— Ouf ! Il s'en est fallu de peu… souffla Piper.

Épuisée, Prue se laissa aller contre son siège puis se raidit lorsqu'elle entendit le sifflement aigu d'Athulak passer au-dessus de leur tête. Elle se jeta contre sa sœur.

— Qu'est-ce que tu fais ? lui demanda Piper en la sentant lui agripper la main.

— Je te tiens pour que ton charme me protège moi aussi. Je n'ai plus le mien…

— C'est vrai…

Un brusque coup de vent glacé les fit frissonner toutes deux. Puis, il n'y eut plus rien. Le calme était revenu.

CHAPITRE 14

Phoebe avait assisté à toute la scène.

Une fois remise de ses émotions, elle s'était postée au pied de la grande roue pour attendre ses sœurs, au cas où le Pouvoir des Trois aurait été nécessaire.

Sa dernière vision l'avait grandement affaiblie, mais elle avait surmonté sa peur de la foule pour venir les aider. Cependant, Prue et Piper semblaient s'en être très bien sorties sans elle.

Les flashes crépitaient de toutes parts tandis que les journalistes attachés au politicien s'empressaient de prévenir les chaînes de télévision.

Personne ne saurait jamais ce qui s'était réellement passé, là-haut, entre les deux cabines, songea Phoebe avec mélancolie. Un photographe surgit soudain derrière elle et la bouscula avant de lui lancer une vague excuse. Par chance, il ne provoqua chez elle aucune vision, mais, pour éviter d'autres rencontres désagréables, elle préféra se glisser un peu à l'écart, près du grand portail d'entrée.

Sur la pointe des pieds, une main sur la grille de fer, elle fit signe à ses sœurs... qui ne la virent pas. Encore sous le choc, bloquées à quelques mètres au-dessus du sol, elles attendaient leur tour pour descendre du manège.

Une équipe médicale était arrivée sur les lieux du drame et proposait des soins à Jefferson, qui refusa d'un geste poli. Visiblement secoué, il restait malgré tout maître de la situation. La presse le présenterait dorénavant comme un héros, et cette tragédie lui avait sans doute déjà fait gagner son siège au Congrès.

Guettant l'arrivée de ses sœurs, Phoebe ne vit pas la jeune femme qui s'approchait d'elle.

— Ah, je suis heureuse de vous voir sur pied ! lui dit-elle d'une voix douce. Je voulais m'excuser pour la bousculade de tout à l'heure.

C'était la femme de Jefferson qui lui tendait la main avec un large sourire. Paul se tenait contre elle. Phoebe hésita un instant, craignant d'avoir de nouveau une vision. Mais il ne se passa rien, et il semblait même que son mal de tête s'atténuait. C'était incroyable !

— Ce n'est rien, c'est oublié, s'empressa-t-elle de répondre. Ce qui vient d'arriver à votre fils est tellement plus grave, je...

— Ah, vous voilà !

Jefferson, qui avait réussi à se débarrasser des paparazzi, rejoignait sa petite famille. Il prit Paul dans ses bras et serra chaleureusement la main de Phoebe.

— Lenora m'a raconté ce qui est arrivé. Comment allez-vous ?

— Je vais bien, c'est plutôt à vous que je devrais demander ça…

Une image se forma alors dans son esprit : celle d'un San Francisco radieux, inondé de soleil. Une douce vision de l'avenir, qui effaçait d'un seul coup toutes les horreurs entrevues à peine une heure plus tôt.

— Vous avez fait preuve d'un sang-froid étonnant, ajouta-t-elle.

— Disons que j'ai eu de la chance ! déclara-t-il avec modestie. L'important, c'est qu'on s'en soit tous sortis indemnes.

En plus d'être un politicien intègre, cet homme était vraiment charmant.

— Et ce petit bonhomme, comment va-t-il ? Beaucoup d'émotion, n'est-ce pas ? reprit-elle en ébouriffant les cheveux du garçon.

— Paul est encore un peu secoué, mais comme tous les enfants, il va vite s'en remettre, lui répondit sa mère. D'ailleurs, il réclame de nouveau un beignet.

— Tu sais, il y en a de délicieux, là-bas, lui dit Phoebe. J'en ai moi-même mangé trois !

Paul pouffa de rire et Jefferson lui demanda :

— Tu te sens capable d'en manger trois, toi aussi ?

— Oui, mais je ne veux plus jamais monter sur la grande roue, oncle Noël.

— Voilà une promesse de campagne que je suis certain de pouvoir tenir, assura-t-il en éclatant de rire.

— Oncle Noël ? répéta Phoebe, étonnée.

— Oui, dit-il avant de passer un bras autour des épaules de la jeune femme. Et voici ma sœur, Lenora.

— Vraiment ? Ah, je…

Phoebe s'interrompit en voyant enfin arriver Piper et Prue.

— Et voici mes sœurs, Piper…

Celle-ci tendit la main à Jefferson.

— Bonjour.

— Bonjour, Piper.

Mais, presque immédiatement, ses yeux se posèrent sur Prue. Ils restèrent de longues secondes sans voix.

Comme les deux gardes du corps s'apprêtaient à intervenir, il les congédia d'un signe de tête.

— … et Prue, enchaîna Phoebe. Photographe au *415* et…

Jefferson, qui dévorait Prue des yeux, prit les deux mains de la jeune femme entre les siennes et souffla :

— C'est vous qui m'avez empêché de tomber, là-haut. Jamais je ne saurai assez vous remercier.

— Mais… je…

— Je sais que cela peut paraître étrange mais j'ai senti que vous me donniez la force et la volonté de m'accrocher. C'était… magique.

Puis, comme s'il réalisait subitement qu'ils n'étaient pas seuls, il se ressaisit et ajouta sur un ton plus neutre :

— Eh oui, je vais avoir besoin d'une nouvelle série de photos pour ma campagne.

— Je serais ravie de pouvoir m'en occuper.

— Et si nous parlions de tout ça autour d'un bon déjeuner ? Toutes ces émotions m'ont donné une faim de loup !

Prue suivit Noël Jefferson, sa sœur Lenora et le petit Paul vers une limousine qui les attendait dans le parking. Avant de s'engouffrer à l'arrière du véhicule, elle se retourna et envoya un clin d'œil malicieux à ses sœurs.

Bras dessus, bras dessous, Piper et Phoebe décidèrent d'aller sur le stand du *P3*.

— Une fin heureuse comme tu les aimes.

— Sauf que Noël Jefferson *va être* élu et qu'il n'aura plus beaucoup de temps à consacrer à l'amour…

Au milieu de la foule, Phoebe aperçut alors une silhouette familière. C'était Léo ! Elle écarquilla les yeux et s'apprêtait à avertir sa sœur quand, un doigt sur la bouche, il lui fit signe de ne rien dire.

— Sans compter que je vois mal notre grande sœur chérie renoncer à sa carrière pour suivre sagement son mari à Washington ! ajouta Piper en gloussant. Et puis…

Elle ne finit pas sa phrase et poussa un cri de surprise quand deux mains, surgies de nulle part, se plaquèrent sur ses yeux. Par réflexe, elle donna un violent coup de coude en arrière, qui plia son assaillant en deux.

— Bonjour, Léo, lança alors Phoebe.

— Léo ! s'étrangla Piper en se retournant.

Elle resta un instant bouche bée, désolée d'avoir frappé son propre petit ami… Puis, elle se jeta dans ses bras et le couvrit de baisers.

— Comme je suis contente que tu sois là !

— Chose promise, chose due !

Elle eut un mouvement de recul.

— Tu ne vas pas repartir tout de suite, au moins ?

— J'ai obtenu une permission de trois jours… sauf si l'avenir de l'humanité est en jeu, bien sûr !

— Pas de problème, on s'est occupées de tout, n'est-ce pas, Phoebe ?

— Oui, alors profitez de cet après-midi ensoleillé. Je vais voir si tout se passe bien au stand du *P3*.

Le stand où un certain Rick devait l'attendre depuis un bon moment…

Dans la même collection

Charmed

1. Le pouvoir des trois
2. Le baiser des ténèbres
3. Le sortilège écarlate
4. Quand le passé revient
5. Rituel vaudou
6. Menaces de mort
7. Le violon ensorcelé
8. Le secret des druides
9. La fiancée de Nikos
10. La statuette maléfique

Composition : Francisco *Compo*
61290 Longny-au-Perche

Impression réalisée sur Presse Offset par

BRODARD & TAUPIN

GROUPE CPI

La Flèche (Sarthe), le 04-11-2003
N° d'impression : 19948

Dépôt légal : novembre 2003

Imprimé en France

POCKET *jeunesse*

12, avenue d'Italie • 75627 PARIS Cedex 13

Tél. : 01.44.16.05.00